RAAM, SLEUTEL

Van Robbert Welagen verschenen eerder:

Lipari (2006)
Philippes middagen (2008)
Verre vrienden (2009)
Porta Romana (2011)
Het verdwijnen van Robbert (2013)
In goede handen (2015)
Nachtwandeling (2017)
Antoinette (2019)

Robbert Welagen

Raam, sleutel

Nijgh & Van Ditmar
Amsterdam

De auteur ontving voor het schrijven van dit boek een
projectsubsidie van het Nederlands Letterenfonds

Nederlands letterenfonds
dutch foundation for literature

MIX
Papier van verantwoorde herkomst
FSC® C004472

Eerste druk mei 2021
Tweede druk (e-book) mei 2021
Derde druk mei 2021
Vierde druk juni 2021

www.nijghenvanditmar.nl
www.robbertwelagen.nl

Foto auteur Tessa Posthuma de Boer
Omslag Paul Pollmann

Typografie Zeno Carpentier Alting
NUR 301 / ISBN 978 90 388 0806 2

1

Ze kwamen vroeg, om tien uur in de ochtend. Voordat ik opendeed, bekeek ik in de spiegel een laatste keer mijn make-up en mijn haren. Een ontmoeting met een journalist, had mijn redacteur me ingefluisterd, begint bij de drempel.

Voor de deur stonden twee mannen en een vrouw. De mannen schudden mompelend en vluchtig mijn hand, alsof hun aanwezigheid er niet toe deed. De vrouw keek me met een heldere blik aan en stelde zich voor. Ik wist al dat ze Hanna Verbeek heette. Ik had haar vaak op televisie gezien en een keer aan de telefoon gehad voor een kort voorgesprek. Afgaand op haar televisieverschijning dacht ik dat ze lang zou zijn. In het echt was ze kleiner. Slanker ook. Verfijnder is een beter woord. Terwijl onze handen elkaar raakten, lachten we. Haar ogen waren donkerbruin. Ik streek met mijn hand door mijn haren.

Een filmploeg over de vloer krijgen is een kleine invasie. Statieven, kabels, lampen. De huiskamer werd verbouwd. De twee mannen klapten het kamerscherm in en zetten het tegen de muur. Ze verschoven de bank. In de lege plek die ontstond plaatsten ze twee eettafelstoelen tegenover elkaar. Ik vond het allemaal niet erg. Ik verheugde me op het gesprek.

Intussen keek zij de huiskamer rond. Ik vroeg me af wat ze dacht van de boekenkast met de overvolle planken, de bank waar een deken overheen lag en de gerepareerde lamp.

In de keuken zette ik vier kopjes koffie. De mannen dronken hun koffie zwart, zij wilde er graag wat melk in.

Ik was de melk vergeten en liep terug naar de keuken. Ze liep met me mee.

'Je woont mooi.'

'Ja, we wonen niet verkeerd.'

Ze glimlachte.

In de huiskamer dronken we een moment van onze koffie, terwijl we toekeken hoe de mannen bezig waren. Moeten we niet even helpen, vroeg ik me af, maar ik zei het niet. Ik wilde niet onervaren overkomen. Het was mijn eerste televisie-interview.

Twee camera's werden opgesteld. We gingen tegenover elkaar zitten, onder de lampen, in die ruimte binnen een ruimte. Mijn knieën raakten bijna die van haar. Ze droeg een witte blouse met een suggestie van geel erin, een zwarte rok en een okergele panty. Eronder zwarte schoenen met lage hakjes. Om haar hals hing een ketting met een hartje. Ik droeg een donkergroene blouse, een wijde lichtgroene broek en enkellaarsjes. De microfoontjes werden aan onze blouses vastgemaakt, bij de bovenste knoopjes. Zij had het bovenste knoopje los. Ik twijfelde of ik het bovenste knoopje ook los zou maken.

We begonnen. Ik voelde een spanning op mijn keel. Mijn speeksel was dik, moeizaam slikte ik het weg. De camera's liepen. Ik werd gevangen op beeld. Ik voelde me gloeien onder de lampen.

'We zijn vandaag thuis bij Karlijn Spichter. Onlangs verscheen van haar de roman...' Met het uitspreken van deze woorden was haar oogopslag iets strakker geworden en haar stemgeluid gepolijster. De man achter haar luisterde mee via een koptelefoon. De ander zat schuin achter me, ik kon hem niet zien. Ik vergat hen twee, het ging nu om haar en mij. Haar vragen en mijn antwoorden.

'Ik heb je roman met veel plezier gelezen. *Jaarringen* is een prachtig verhaal over vier vrouwen in vier verschillende levensfases. Een jong meisje, een studente, een vrouw van in de veertig en een oude vrouw. Ze kennen elkaar niet, maar ze beïnvloeden wel elkaars leven, zonder dat ze het zelf weten. Waarom heb je hiervoor gekozen?'

'In onze tijd denken we dat ons handelen alleen onszelf raakt. We hebben geen oog voor de kleine of grote golven die we veroorzaken in de levens van anderen. Niet alleen van onze familie en vrienden, ook van mensen van wie we het pad maar kort kruisen. Iemand met wie je een afspraakje hebt en die je nooit meer terugziet, een collega die je een lift geeft op een regenachtige dag of iemand tegenover je in de tram terwijl je op weg bent naar een winkel om een nieuwe broek te kopen. Zulke toevallige ontmoetingen waar je geen aandacht voor hebt. Ik vind het intrigerend hoe kleine gebeurtenissen, terloops en onopgemerkt, onvoorziene gevolgen kunnen hebben.'

'Een van die kleine gebeurtenissen heeft inderdaad grote gevolgen, maar ik zal niet verklappen waar het precies om gaat.'

'Nee, laten we dat niet doen,' lachte ik.

Ze sloeg haar linkerbeen over haar rechter. 'Wat ik bijzonder vind is dat je de vrouw van in de tachtig zo geloofwaardig neerzet. Haar toon is onderzoekend, geestig, ironisch en tegelijk kwetsbaar. Je bent zelf dertig. Hoe ben je aan haar gekomen?'

'Ik zat eens in mijn lunchpauze op een bankje in het park. Er kwam een oude vrouw naast me zitten. We raakten aan de praat en ze vertelde over zichzelf. Dat heb ik later opgeschreven en zo is dit boek ontstaan.'

'Het begon dus met die vrouw?'

'Inderdaad. Mijn verhalen ontstaan vaak door een ontmoeting met iemand.'

'Ja?'

'Over mezelf schrijven gaat me niet goed af. Ik weet dat leeftijdsgenoten er nogal bedreven in zijn, maar ik niet.'

Deze laatste opmerking zou Arne beslist plaatsen in de categorie 'onbehouwen'. De bewering was ook onjuist, zou hij zeggen, omdat er minstens een handvol schrijvers te vinden was die niet over zichzelf schreef. Waarom zou je nog meer ruis de wereld in sturen? Maar ik vond het bijna onmogelijk om de waarheid geen geweld aan te doen. De oude vrouw op het bankje was een zwerfster geweest. Ze was naast me komen zitten voor een praatje en vroeg uiteindelijk om geld. Toen ik zei dat ik mijn portemonnee niet bij me had, wat ook zo was, stak ze een tirade af en liep weg. Ik had er iemand anders van gemaakt, eerst tegen Arne, toen tegen mijn ouders en mijn redacteur, en sindsdien was zij het begin van het boek. Wie heeft baat bij een anekdote over een tierende vrouw?

'Je schrijft dus niet alleen over jezelf. Je boek is naar buiten gericht, naar de wereld.'

Mijn blik gleed langs haar hals. Het hartje dat op haar huid rustte. Enkele bruine krullen die ze achter haar oor had gestreken waren losgeraakt. 'Ik wilde meerdere levens aan bod laten komen, vanuit het perspectief van een alwetende verteller, om op die manier meer dan de beleving van één individu weer te geven.'

'Is dat een reactie op ons doorgeslagen individualisme?'

'Zo zou ik het niet willen uitdrukken.'

'Hoe zou je het wel willen uitdrukken?'

Ik vertelde hoe de schrijvers van de vorige generaties lang in de mode waren gebleven. Hun kijk, hun toon. Ik dacht aan een paar invloedrijke schrijvers, maar ik noemde hun namen niet. Dat zou ik goedkoop vinden maar misschien was ik gewoon te laf. Ik keek in haar ogen en hoorde mezelf beweren dat de tijd van het individu voorbij was en we weer in de groep moesten durven geloven. Ik betwijfelde direct of ik dit meende. Mijn favoriete romans waren geschreven vanuit één personage. Net als tal van klassiekers. Dat wist ik, toch had ik het gezegd en ik nam het niet terug. Er was iets waardoor ik dit tegen haar wilde zeggen. Een hoopvol, licht geluid. Onderscheidend ook. Niet zoals veel andere schrijvers die ze ontmoette.

'Is het eigenlijk toeval dat je personages alle vier vrouwen zijn?'

Ik moest lachen. 'Ik ben zelf een vrouw, maar dat is denk ik even toevallig.'

Ze lachte ook. 'Er was voor een man geen plaats in dit boek?'

Ik keek haar een seconde aan voordat ik antwoordde. Ik begreep niet zo goed wat ze hiermee bedoelde. 'Ik heb niet de behoefte om de tegenstelling tussen mannen en vrouwen uit te spelen. Daar gaan we weer, denk ik altijd als ik iemand dat hoor zeggen.'

Ze ging er verder niet op in. 'Aanvankelijk lijken het vier verschillende vrouwen te zijn, zo sterk wijken ze van elkaar af. Later kom je erachter dat het om dezelfde vrouw zou kunnen gaan. Al laat je dat wijselijk in het midden. Of verklap ik nu te veel?'

'Nee hoor, dat mag je best vertellen.'

'Waarom heb je dat zo gedaan?'

'Omdat het dezelfde vrouw is en tegelijk vier verschillende vrouwen zijn. Het een sluit het ander niet uit.'

'Wat bedoel je daarmee?'

'Alles wat je doet verandert je. Elke indruk laat iets in je achter. Ieder gesprek dat je voert kan een zaadje in je planten. Wie je bent is veel minder statisch dan je misschien zou denken.'

'Alles is constant in beweging?'

'Dat klinkt wel heel erg als Heraclitus, maar oké, ja.'

Ze liep een beetje rood aan alsof ze nu pas hoorde wat ze had gezegd. Maar ze herpakte zich. Ik wist van vorige interviews met andere schrijvers dat ze zinnen uit het boek aan me zou voorleggen. 'Uit hoeveel levens bestaat een mensenleven?' was een zin die ze eruit pikte. Ze wisselde inhoudelijke vragen af met persoonlijke. Over mezelf was ik openhartig, maar niet te. Dat had ik geleerd van een schrijver met meer ervaring. Ik was, al met al, in vorm. Wij waren in vorm. Ik realiseerde me dat een interview niets anders is dan een ontmoeting tussen twee mensen, waar toevallig camera's bij aanwezig zijn.

Een waardevol gesprek gaat snel, een moeizaam gesprek traag. Ook voor haar leek het einde als een verrassing te komen. Ik dacht het aan haar blik te zien. De man met de koptelefoon besloot het voor ons. Plotseling zei hij: 'We hebben zo wel genoeg.' Alsof ik wakker werd uit een droom, knipperde ik met mijn ogen.

Ze boog iets voorover en zei: 'Bedankt.' Ze legde haar hand op mijn knie. Twee seconden. Langer dan ik gewoon vond.

Een tinteling, via mijn been naar mijn onderbuik. Dit gevoel kreeg ik al jaren alleen van Arne. Ik voelde ook een afdruk nadat ze haar hand had weggehaald. Ze liet iets op me achter. 'Geen dank,' fluisterde ik schor. Ik schraapte mijn keel.

De man met de koptelefoon zei dat ik het microfoontje onder mijn blouse kon losmaken. Ik ging met mijn hand onder de stof en het snoertje gleed langs mijn bh en langs mijn huid. Hanna deed hetzelfde met het hare.

Er werden nog wat opnames van het interieur gemaakt. Spullen die in de vensterbank lagen. Mijn donkerblauwe wollen vestje dat over de stoelleuning hing. De lichtval van de lentezon op de eettafel, waar Arne en ik samen aan hadden ontbeten. De boekenkast, de bank en de lamp. Allemaal door Arne bij elkaar gezocht. Hij struinde kringloopwinkels en het grofvuil af. Hij had oog voor antiek en mooi hout. De meubels pasten bij elkaar. Als iemand er nog aandacht voor heeft, is iets geen afval, zei hij.

Ze filmden zelfs in de keuken. Blijkbaar was het interessant om het elektrische kookplaatje te tonen. Aanvankelijk was het tijdelijk geweest, de twee pitjes, maar het wende en we hadden het zo gelaten.

Tot slot las ik een fragment voor dat als vertelstem zou worden toegevoegd aan een opname waarin ik achter mijn bureau zat te typen. Het was toneelspel, maar dat hoorde erbij.

Alles bij elkaar duurde het een uur, toen waren we klaar.

De mannen ruimden de apparatuur weer op en zetten de meubels terug op hun plek. Hanna en ik bleven intussen staan napraten. Doorpraten eigenlijk. Op een gegeven moment leunde ik tegen de muur en zij zat op de vensterbank met de lentezon in haar rug. Enkele lokken dansten om haar hoofd. Ze vertelde dat

Carol van Patricia Highsmith haar lievelingsboek was. Ik vertelde dat ik aan mijn tweede roman was begonnen, waarin een wandeling centraal stond. Een *roman flaneur*. We spraken over de boeken die we nu lazen en over een schrijver die ik bewonderde en die zij hierna gingen interviewen in de binnenstad. Daarna moesten ze naar het oosten van het land voor het derde schrijversportret. Ze hadden een drukke dag. Ik keek in haar bruine ogen. Ik lachte. Ik was uitgelaten. Ik had mijn eerste televisie-interview achter de rug.

Toen Hanna haar spullen begon te pakken, was ik even op mezelf. Ik voelde hoe broeierig het in de kamer was geworden. We hadden de ramen gesloten om de straatgeluiden buiten te houden en de warmte van de grote lampen had nergens heen gekund. Ik zette een raam open.

Ze hadden alles. Ik vond het jammer dat ze gingen. Hanna had iets besluiteloos over zich, of verbeeldde ik het me maar?

Met hun spullen liepen ze door het halletje naar de voordeur. Hanna hielp mee dragen. Ze kwamen een hand tekort en ik zei: 'Ik loop wel even mee.' Een klein karretje op wieltjes, met knopjes bovenop, tilde ik met twee handen op en hield het tegen mijn buik. Dat vonden de mannen wel stoer, een vrouw die niet te beroerd is om te tillen, maar zo zwaar was het ding niet. In de lichte chaos van die ochtend liepen we pratend en grappend naar buiten. De mannen voorop, wij achter hen aan.

Het appartement bevond zich op de eerste verdieping van een klein complex met zes huishoudens. Er was geen lift. We liepen de galerij door naar het trappenhuis. Ik voelde de frisse ochtendlucht op mijn gezicht, het zonlicht op mijn rechterwang. We liepen de betonnen treden af. Op de parkeerplaats stond een wit bestelbusje met op de zijkant het logo van de omroep. De deur werd opengeschoven en de spullen ingeladen.

'Wil je een kopie van het interview op dvd? Voor in je archief,' zei Hanna lachend. 'Ik kan het naar je opsturen.'

Ik zei dat ik dat wel wilde. Daarna voelde ik haar hand in mijn hand, haar palm zacht tegen de mijne en toen haar wegglijdende vingers.

Het busje reed de straat uit en ik liep de trap op. Bij ons appartement aangekomen zag ik dat de voordeur dicht was. Ik pakte de klink vast, maar de deur was in het slot gevallen. Ik klopte met mijn handen op mijn broekzakken, maar ik wist al dat mijn sleutels binnen lagen. Shit. Ik deed een stap naar achter en keek naar de deur. Heel handig, Karlijn.

Dichtgewaaid. Door het open raam.

2

Mijn telefoon lag binnen. Mijn sleutels lagen binnen. Alles lag binnen. Een reservesleutel moesten we altijd nog een keer bij de buren afgeven. Had ik dat maar eerder gedaan.

Wat nu? De deur intrappen? Een slotenmaker erbij halen? Ik draaide me om en leunde met twee handen op de ijzeren reling. Ik keek de straat in. De geparkeerde auto's, het identieke gebouwtje met zes huishoudens aan de overkant, de bomen met lichtgroene blaadjes aan de takken. Ik keek over mijn schouder. De deur was nog steeds dicht.

Ik moest denken aan een film die ik jaren geleden had gezien. Over een man die zichzelf per ongeluk had buitengesloten. 's Avonds kon hij pas weer naar binnen. De hele dag lag leeg voor hem. Hij wandelde wat, bezocht een bioscoop en at ergens een hapje. Wat er verder gebeurde was ik vergeten. Ik zou mezelf ook zo'n dag kunnen gunnen. Gewoon wat lanterfanten tot Arne thuiskwam van zijn werk. Er was één probleem. Mijn portemonnee lag ook binnen.

Het moest ongeveer twaalf uur zijn. De school waar Arne lesgaf stond aan de andere kant van de stad. Aan de overzijde van de rivier. Hoelang zou het lopen zijn? Een uur? Twee uur? Maar er zat niets anders op. Hij had de enige andere sleutel. Misschien is het niet erg, zei ik tegen mezelf. Een wandeling. Kon ik meteen inspiratie opdoen voor mijn volgende boek. Wat was een uur op een mensenleven? Ik had geen afspraken staan en van schrijven zou weinig komen. Ik kon me toch niet concentreren. Mijn eerste televisie-interview!

Ik dacht aan Arne, hoe hij aardrijkskundeles gaf of in de docentenkamer over een stapel proefwerken gebogen zat. En ik zag Hanna voor me, met haar hand op mijn knie.

Bij de buren ging de deur open. De buurvrouw, ik kon zo gauw niet op haar naam komen, stapte naar buiten. Ze draaide de deur op slot, borg haar sleutels op in haar schoudertasje en ritste het dicht. Toen zag ze me staan. Ik legde uit wat er was gebeurd. 'Wat vervelend,' zei ze oprecht. Toen ik vertelde wat ik van plan was, bood ze me haar telefoon aan. De telefoon zat in een rood hoesje.

Nadat ik een paar keer een verkeerd nummer had ingetoetst, kreeg ik Arne aan de lijn. Hij nam op met zijn voornaam en achternaam. 'Ik ben het,' zei ik. Ik vertelde met wier telefoon ik belde en wat er was gebeurd. Hij moest lachen. Zijn gulle lach. Zijn Arne-lach. 'De verstrooide schrijfster,' zei hij. 'Ja, leuk als je hierheen komt. Ik heb nu een tussenuur en ben aan het nakijken, maar het kan wel. Hoe ging het interview? Ben je tevreden?' Ik keek de buurvrouw verontschuldigend aan en zei dat ik hem dat straks allemaal zou vertellen. 'Ik loop nu naar je toe,' zei ik, 'tot straks.' Ik wilde al ophangen toen hij zei: 'Weet je wat? Ik kom je tegemoet fietsen. Zo meteen heb ik pauze. Dan zien we elkaar ergens halverwege.' Arne had altijd goede ideeën. Hij dacht aan oplossingen die ik over het hoofd zag. We stemden onze routes op elkaar af zodat we elkaar niet zouden mislopen. Ook daar dacht hij aan.

Ik bedankte de buurvrouw duizendmaal en gaf haar telefoon terug. Ze was al laat, ze moest rennen. Ik ging achter haar aan de trap af. Langs het lege parkeervak waar ik afscheid had genomen van Hanna. Ik liep naar de rand van de stoep en stak de straat over. Op het kruispunt sloeg ik links af. Arne en ik waren twee stipjes op de stadskaart die elkaar steeds dichter naderden totdat we zouden versmelten tot een grote stip.

Ik was niet gekleed op een lange wandeling, die dag, in mijn enkellaarsjes. Er zat geen vlot tempo in mijn stap. Sommige mensen hebben altijd een lichte tred, ongeacht hun schoenen. Je hebt meer een denk-lichaam dan een doe-lichaam, zei Arne eens tegen me. Hij kon zich er soms aan storen, als we echt even moesten opschieten.

Ik besloot niet te treuzelen. Doorlopen, niet flaneren. Ik wilde Arne weer zien, zodat hij iets in me ongedaan kon maken. Ik wilde hem een kus geven en door hem gekust worden. Ik wilde weten wat er zou gebeuren als hij zijn hand op mijn been legde.

Ik liep langs een rij afvalbakken. Glas, papier, plastic, restafval. Eens per week reed er een vuilniswagen voor om ze te legen. Het gerinkel van brekend glas klonk door tot in de omliggende straten.

Dit deel van de wijk bestond uit dezelfde huizenblokken als het onze: schoenendoosvormige complexen met platte daken, omgeven door een strook gras dat door niemand in gebruik diende te worden genomen.

Verderop in de buurt had iedere woning een kleine voortuin. Tussen de huizenrijen, die op elkaar uitkeken, een groot speelveld. Het was nu leeg. Een schommel hing iets hoger dan de schommel ernaast, omdat de kettingen een extra slag om de bovenbuis waren gewikkeld.

Ik liep onze wijk uit en sloeg links af in de richting van de binnenstad en de rivier. De rivier was een belofte en te weten dat hij er was, elders in de stad, zorgde nu al in mijn hoofd voor een weidse ruimte. De strandjes, de kade en de boulevard. De weerspiegeling van het zonlicht op het water. Een zee van diamantjes.

Brommers en fietsers negeerden het zebrapad en botsten bijna tegen me op: het verkeer gijzelde mijn gedachten. Op een druk kruispunt wachtte ik tussen de andere mensen voor het rode licht. Auto's raasden voorbij. Dat harde rijden had iets zelfgenoegzaams. De auto's remden af en samen met de anderen stak ik over. Op de stoep viel het groepje direct uiteen. Ik liep door het park waar Arne en ik soms picknickten. De plek had iets smoezeligs, met de duiven en de volle vuilnisbakken, alsof niemand er echt in geloofde. Na het park was het een heel stuk langs de nieuw aangelegde busbaan. Het asfalt nog egaal donkergrijs, het fietspad strak roze. Een saai stuk.

Een stadsbus reed voorbij en mijn haren waaiden van achter over mijn hoofd. Bij een halte verderop remde hij af. Een groepje scholieren stapte uit, daarna een bejaarde man. De bus stond een paar seconden stil met open deuren. Ik kon instappen, zwartrijden en eerder bij Arne aankomen. Maar ik deed het niet. De deuren gingen dicht en de bus trok op.

Ik sloeg rechts af, een smalle straat in zonder verkeer. Ik liep onder de roze bloesem van een Japanse kers door en ademde diep in. Hoe zoet rook de lente. Ik sloot even mijn ogen alsof ik de geur dan nog beter in me kon opnemen. Een oude muur was overhangen met het diepgroene blad van een klimop. In het midden van de stoep, op het laagste punt, lag een ondiepe regenplas. Ik stapte er met mijn rechtervoet in en rondom mijn schoen kringelde het water.

Via een steegje bereikte ik een winkelstraat. Nog niet in het centrum, maar in een wijk net erbuiten. De huizen hier hadden gietijzeren tuinhekjes, balkonkamers en slanke vensters. Voordeuren in donkerblauw of bordeauxrood. Ik kende deze straat goed. Na mijn studie had ik hier in de boekhandel gewerkt, waar nieuwe en tweedehands boeken werden verkocht. Drie dagen per week hielp ik klanten en stond ik achter de kassa, de andere dagen schreef ik aan mijn debuut. Ik kwam er nog steeds regelmatig en ze hadden *Jaarringen* ruim ingekocht, maar vandaag liep ik door. Ik passeerde de kringloopwinkel waar ik, als ik geluk had, een leuk jurkje vond – net niet in mijn maat. Een paar deuren verder het restaurant waar Arne en ik op een decemberavond hadden gevierd dat mijn manuscript door de uitgeverij was geaccepteerd.

Een vrouw kwam me tegemoet lopen. Zag ik het nou goed? Was dat Hanna? Ik keek recht in haar gezicht en ze liep me voorbij. Nee, ze was het toch niet. Dat kon ook niet. Ze was aan het werk. De afdruk van haar hand op mijn knie, ik voelde hem een moment sterker, warmer, alsof haar hand er nog steeds op lag. Had ik eigenlijk iets fout gedaan? Of alleen zij? Hadden we het samen gedaan?

Wegwerkzaamheden. De hele stoep lag open, van de winkelpui tot de stoeprand. Een groot gat waarin een man in een oranje overall iets met kabels aan het doen was. Ik stak de straat over. Het was ook beter om aan deze kant te lopen. Hier had ik zicht op de tegemoetkomende fietsers, op Arne.

Laura, een bevriende violist, zag ik eens haar handen tegen haar oren drukken toen er een brandweerauto met sirene voorbijreed. Sindsdien deed ik het ook, om mijn gehoor te beschermen. Ik voelde er een lichte schaamte bij, alsof ik me aanstelde. Door een naderende sirene vanuit de verte bereidde ik me voor op die schaamte, maar het geluid kwam deze straat niet in.

Ik had bij Laura kunnen langsgaan en wachten tot Arne klaar was met werken. Waarom dacht ik er nu pas aan? Ik was vast welkom geweest. Ze woonde hier vlakbij en studeerde elke dag thuis op haar viool. We hadden samen kunnen lunchen. Een fles wijn opentrekken. Zulke spontane middagen, zijn dat niet de betere momenten in het leven?

Mijn hielen schuurden langs de binnenkant van mijn laarsjes. Vooral de hiel van mijn kleinere rechtervoet. Dat zou een blaar worden. Vanavond zou ik de gezwollen huid met een naald doorprikken, het vocht eruit drukken en er een pleister op plakken.

Ik was in het centrum aangekomen, dat wat mij betreft begon bij de watertoren. Vanaf hier kon ik Arne ieder moment zien. Ik keek of hij al opdook tussen de fietsers en de scooters. Als Arne aan kwam fietsen zag hij er altijd energiek uit: zijn korte blonde haren in de wind, de blos op zijn wangen. Hij had een doe-lichaam. Hij sprong makkelijk even op de fiets.

Ik liep verder en in het voorbijgaan viel mijn oog op een grand café. Aan de gevel een royale luifel die alle tafeltjes eronder in de schaduw legde. De meeste mensen zaten voor de luifel in de zon. Ik keek door de ramen naar binnen. De lampen boven de leestafel verspreidden een zachtgeel licht, maar de stoelen waren leeg. Iedereen zat buiten. Het terras van het café ernaast was ook volgestroomd. Mannenblikken, vrouwenogen. Zijn er mensen die met plezier langs een vol terras lopen? Opgelucht sloeg ik de hoek om.

Voor me strekte zich een winkelstraat uit. Wie zou wie eerder zien? Arne mij of ik hem? Zouden we elkaar tegelijk zien? Zou ik opeens een bouwvakkersfluit horen, zoals hij vaker deed, of zou hij 'Hé schoonheid' roepen en slippend voor me tot stilstand komen, als een kleine jongen op een crossfiets?

Niet Arne, maar een vrachtwagen kwam naast me tot stilstand, achter een lange rij auto's. Er was een opstopping. Dit was een eenrichtingsweg, keren zat er niet in. De auto's stonden blijkbaar al een tijdje stil, aan de blikken van de bestuurders te zien. Uit een auto klonk de lage brom van muziek, uit de volgende de luide stem van iemand die over de luidspreker aan het bellen was. Ik ging sneller dan zij, wat goed voelde. Maar ook vreemd, want het was niet de bedoeling. Al die techniek, en het stond hier stil.

Ik keek in de verte. Voorbij de auto's, maar nog voor de verkeerslichten, stond een busje schuin op de weg. Nu zag ik ook een ambulance. Ik voelde een mengeling van ongerustheid en nieuwsgierigheid. Het niet en wel willen weten. De ergernis om andere mensen die hun pas versnellen en gaan kijken. Maar tegelijkertijd herkende ik de hang naar sensatie. Ik dwong mezelf in hetzelfde tempo verder te wandelen. Ik liep langs een bloemenwinkel en bleef er even stilstaan. Ik keek naar de veldboeketten in de etalage, uitgestald op fragiele roestige tafeltjes. Het werkte. Een paar seconden was ik afgeleid. Zo ging dat dus. Er was verderop iets gebeurd en ik kon hier in mijn hoekje voor een etalage naar uitgestalde bloemen kijken en verzuchten: zag ons huis er maar zo uit. Zo eenvoudig en landelijk. Ja, dacht ik, we gaan straks wat van die landelijkheid in huis halen. Een boeket.

Ik passeerde een etalage waarin een kartonnen actiefiguur mij vanonder zijn wenkbrauwen uitdagend aankeek. Boven zijn rechterschouder hield hij met twee handen een zwaard vast. Terwijl ik voorbij liep aan dat zwaard, over de stoep, in feite een smalle baan tussen de gevels en de rij auto's ingeklemd, bracht ik in een reflex mijn hand naar mijn rechterslaap. Ik voelde een steek. Ik zag voor me hoe Arne elders in de stad het schoolgebouw uit was gekomen, zijn fiets van het slot had gehaald en op het zadel was gesprongen. Door de straten fietste hij deze kant op, via de brug de rivier over, onderweg naar mij, misschien wel met zijn jas open vanwege het zachte weer. Hadden we elkaar intussen niet al moeten treffen? Waren we elkaar dan toch misgelopen?

Ik keek de straat in en had niet meteen door dat ik niet meer echt naar Arne uitkeek. Zonder het te beseffen begon ik sneller te lopen. Langs de rij stilstaande auto's, de etalages, al het spiegelende glas. Met elke stap voelde ik mijn hielen pijnlijker tegen de binnenkant van mijn laarsjes schuren. Was ik aan het rennen?

Ik bereikte de voorste auto. Achter die auto was een lege plek. Alleen maar asfalt. Een ogenblik was ik zowel opgelucht als teleurgesteld. Daarachter stonden mensen om iets heen. Hijgend ging ik bij hen staan. Er gebeurden toen meerdere dingen tegelijk, in dat stilstaande moment. Ik zag een groen busje met een beschadigde bumper schuin op de weg staan. Tussen de omstanders door zag ik een donkere bloedvlek op het asfalt. De vlek viel niet op door de kleur, maar door de glans die afstak tegen het matte grijs. Ik draaide mijn hoofd naar links. Een paar meter van het busje verwijderd lag een fiets op de straat. Het voorwiel was verbogen. De fiets was blauw en de bagagedrager wit. Ik herkende de fiets. Ik had er vaak achterop gezeten, met mijn armen om zijn buik en met mijn wang tegen zijn warme rug. Op weg naar een concert, het station, op de terugweg van een feestje. Van het achterwiel had ik elke slag in mijn billen en bovenbenen gevoeld. Naast me hoorde ik een man zeggen: 'Hij sneed hem af, hij sneed hem gewoon af. Die jongen kwam niet meer overeind.' Ik zag een man in gesprek met een agent. Een heel gewone man, een jaar of vijftig, klein, in een vale spijkerbroek en een zwart T-shirt. De ronde hals was wat uitgelubberd en zijn korte haar was vettig. Hij stond met zijn handen in z'n zakken en gebogen hoofd de agent te woord. Ik zag de ambulance met de openstaande deuren. Binnenin stond een brancard met onder de deken de omtrek van een lichaam. De verpleegkundigen aan weerszijden van de brancard verrichtten geen handelingen. Hun armen hingen werkeloos langs hun lichamen. Net als de mijne. Voordat ik een stap kon zetten, voordat ik in beweging kon komen en me tussen de omstanders door kon wurmen, voordat ik begon te schreeuwen, zag ik hoe de verpleegkundigen de deuren van binnenuit dichttrokken, hoe de ambulance zonder de zwaailichten aan te zetten traag wegreed, en hoe hij vervolgens de hoek omsloeg.

3

De uitzending was op dezelfde dag als de begrafenis.

Aan de dagen voor de begrafenis heb ik weinig herinneringen. Van het interview en de wandeling weet ik nog ieder detail, maar de dagen erna waren een stille chaotische roes. Een handvol flarden weet ik nog. Hoe ik 's avonds thuiskwam en verspreid door de kamer de vier koffiekopjes aantrof. Hoe koud het in het appartement was, omdat het raam de hele dag had opengestaan. Hoe ik mijn moeder had gebeld. Hoe zij en mijn vader kwamen en me meenamen naar huis. Hoe ik soms daar was en soms in ons appartement.

Hoe ik bij mijn ouders even op de bank ging liggen. Na een uur lichte slaap wakker werd. Een ogenblik niet wist wat er was gebeurd. Toen het besef. De dagen erna dezelfde ervaring. Kort in slaap vallen, wakker worden en beseffen wat er was gebeurd. Net als mijn opa die aan het einde van zijn leven aan alzheimer leed en meerdere keren per dag besefte dat zijn vrouw al was gestorven. Elke keer dezelfde schok. Hij stierf aan een hartstilstand.

Van de begrafenis herinner ik me ook weinig. Er waren veel mensen gekomen. Dat zag ik toen ik me omdraaide en de zaal in keek. Collega's van Arne. Leerlingen van Arne. Ik zat tussen mijn familie en zijn familie in. Sommigen van ons stonden op en vertelden vanachter de katheder iets over hem. Ik bleef zitten en zweeg.

Ik had verschrikkelijke hoofdpijn. Voortdurend vergat ik te ademen. Mijn hersenen kregen te weinig zuurstof, te weinig koeling, en raakten oververhit. Als ik eraan dacht, zei ik tegen mezelf: adem. Rustig in en uit. Ik had 's ochtends vier tabletten paracetamol geslikt, maar de hoofdpijn ging erdoorheen. Ik wilde niets liever dan mijn hoofd afzetten, als een motorhelm, en naast me neerleggen. Het kostte moeite om recht te zitten. Mijn ogen waren droog, alsof ik te lang staarde en te weinig knipperde.

Ik dacht maar één ding. Eén gedachte bonkte tegen mijn slapen.

Zo mag je niet denken, drukten mijn ouders, mijn zusje en Arnes ouders me op het hart. Dat was niet wat ik moest concluderen uit dit 'tragische ongeluk'. Mijn moeder keek me diep in de ogen en zei: 'Een busje heeft hem aangereden. De bestuurder zal daarvoor gestraft worden. Hij zal er de rest van zijn dagen mee moeten leven.'

Ik was niet overtuigd. Ze zei het alleen maar om de problemen buiten de kring van onze twee families te houden. Waarom wilde ze het niet begrijpen? Ik was de aanstichter. Door mijn handelen was hij in zijn pauze de weg opgegaan. Door mij fietste hij op dat moment door die straat. Ik had van ons twee stipjes op de stadsplattegrond gemaakt.

Met neergeslagen blik keek ik naar mijn handen. Mijn nagels waren korter dan anders. Om me heen werd gehuild. Ik huilde niet. Het zou lijken alsof ik net zo onschuldig was als zij.

Het raam. Daar was het allemaal mee begonnen. Als ik het raam niet had opengezet, zou Arne er nog zijn. Met het openzetten van het raam had ik over zijn leven beslist. Ik had het dicht moeten laten.

Of was het al eerder begonnen? Was de bron van de reeks gebeurtenissen Hanna's aanwezigheid in ons appartement? Haar hand op mijn knie? Ze probeerde me te versieren en ik was daar gevoelig voor geweest. Een moment van zwakte waarin ik Arne voor lief nam.

Ik vertelde niemand over Hanna. Mijn ouders niet, mijn zusje niet en zeker Arnes ouders niet. Hoe kon ik hun vertellen over haar bruine ogen?

Ik heb de uitzending die avond niet gezien. Hanna en ik waren op televisie terwijl ik bij mijn ouders op de bank lag, met op mijn netvlies de grote foto van Arne die naast zijn kist had gestaan.

4

Mijn boek deed het verschrikkelijk goed. Zonder het interview zou dat niet zijn gebeurd. Eerst de uitzending en daarna de geruchten. De dood verkoopt, tragiek verkoopt. Die schrijver met de dode vriend, dat was ik.

Was Arne een offer geweest? Had ik hem moeten offeren voor mijn succes?

Als het goed gaat met het een, moet het slecht gaan met iets anders. Pas dan is het leven in evenwicht.

5

Voor de instanties leefde Arne nog. Post voor A. Visser bleef in de bus vallen. Tijdschriften waar hij op geabonneerd was, een brief van een goed doel. Zijn telefoonabonnement liep door, net als zijn bankrekening. Hij betaalde nog steeds verzekeringspremie.

Het was aan mij om de abonnementen en zijn bankrekening op te zeggen. Samen met zijn ouders heb ik dat gedaan. We lieten hem een tweede keer sterven.

Alleen het abonnement op *Science* heb ik aangehouden. Het was zijn favoriete tijdschrift. Zolang ik dat niet opzegde, leefde hij nog een beetje. In een papieren werkelijkheid, een systeem, het anonieme geheugen van een bedrijf.

Ik was nu een nabestaande. Ik bestond na zijn dood. Arnes lot was beslist. Hij was veel te vroeg aan de duisternis overgeleverd. Tussen Arne en mij zou het gat steeds groter worden.

Volgens het jargon van de dood was ik nu in de rouw. Ik zou verdriet hebben, hem missen, boos zijn om het onrecht dat hij en niet een ander.

Het zei me allemaal niets. Wat overheerste waren de vragen. Wat als ik het raam niet had opengezet? Wat als ik niet had helpen tillen omdat ik langer in Hanna's gezelschap wilde blijven? Wat als ik naar Laura was gewandeld in plaats van naar Arne?

Ik stelde mezelf deze vragen zonder dat ik op zoek was naar antwoorden. Het antwoord op een vraag is niet altijd het doel. Rust zou beter zijn. De gemoedsrust om de vraag niet meer te hoeven stellen. Ik had geen idee hoe ik dat kon bereiken. Ik zou eerst verdriet moeten voelen. Dat of iets anders.

6

Mijn drie jaar jongere zusje trok tijdelijk bij me in. Ze legde de boel rondom mij stil. Ze vroeg niet of ik hulp nodig had, ze hielp me. In de dagen dat ze bij me woonde maakte ze avondeten klaar, ze deed mijn was en opende mijn post. Ze nam de telefoontjes van mijn uitgever aan en hield hem op afstand. Boekingen voor lezingen en interviews wees ze af. Ze zorgde ervoor dat er altijd een voorraad paracetamol in huis was. Ze sliep naast me in bed. Ik bedankte haar met amper aangeraakte maaltijden en doorwaakte nachten.

Het appartement stond vol met toegestuurde bloemen, alsof ik iets had gewonnen.

Het raam hield ik dicht. De twee sluitingen, boven en beneden, waren helemaal naar rechts gedraaid. Ik kon het raam op de ventilatiekier zetten, maar dat deed ik niet.

Af en toe stelde mijn zusje vragen als 'Hoe gaat het met je?', 'Hoe voel je je?' of 'Denk je veel aan Arne?' Gelukkig deed ze het niet vaak. Ik vond het niet erg dat we geen lange gesprekken hadden. Ik nam het haar niet kwalijk. Eigenlijk vond ik het wel fijn. Ze vroeg tenminste niet naar de bekende weg, ze wilde me niet opvrolijken en ze stelde geen vragen waar ik toch geen antwoord op had. Mijn zusje was meer van de praktische hulp.

Als ze boodschappen voor me ging doen, liep ik achter haar aan en stapte ook in de auto. Ik vond het rustgevend om naast haar te zitten en rondgereden te worden. Ik keek naar buiten, de wereld gleed aan me voorbij, af en toe de richtingaanwijzer die zachtjes tikte.

Wanneer ze uitstapte, bleef ik zitten. Soms, op de parkeerplaats van de supermarkt aan de rand van de stad, viel ik in slaap. Achter het glas was de lentezon al warm. Misschien sliep ik tien minuten achter elkaar. Zoals die middag. Ik werd wakker en bekeek de mensen die met een winkelwagentje door de glazen schuifdeuren naar binnen liepen. De lege auto's die achterbleven in de vakken. De glimmende motorkappen in de zon, de spiegelende ramen. Die momenten van stilte op een parkeerplaats. Wanneer er geen auto aan kwam rijden en de schuifdeuren dicht bleven. Die momenten. Als iemand me later vroeg wat me in die periode heeft geholpen, dan antwoordde ik beleefd: mijn zusje. Maar het was vooral deze parkeerplaats met stille auto's in de zon.

Voordat ze naar binnen was gegaan, had ze gevraagd wat ze moest kopen. We kwamen uit op salades, rijst, fruit en groente. Licht eten. Brood en krentenbollen ook. Paracetamol.

Een vol winkelwagentje voor zich uit duwend kwam een man naar buiten lopen. Hij laadde de boodschappen in de achterbak van zijn auto. Het lege wagentje bracht hij naar een verzamelpunt, een overdekking van doorzichtige golfplaten. Het geratel van het lege winkelwagentje over de stenen.

Mijn telefoon ging. Ik haalde hem uit mijn jaszak en keek op het schermpje. 'Hanna Verbeek' stond er. Ik bleef naar haar naam kijken. Het overgaan hield op. Ik stopte de telefoon terug in mijn zak. Even later klonk er een dubbel piepje.

De man was in zijn auto gestapt en de parkeerplaats af gereden. Een andere auto nam zijn plek in. Een vrouw stapte uit, liep naar het verzamelpunt en trok het winkelwagentje eruit dat de man net had teruggebracht.

Ze duwde het in de richting van de schuifdeuren.

Ik pakte mijn telefoon opnieuw uit mijn zak en luisterde de voicemail af. 'Hoi Karlijn, met Hanna.' Ze zweeg een paar seconden. 'Ik heb gehoord wat er is gebeurd. Gecondoleerd. Ik vind het heel erg voor je. Dat wilde ik gewoon even laten weten. Wat kan ik zeggen?' vroeg ze zich hardop af. 'Als ik iets voor je kan doen...' Ze hing op.

Ik keek door het raam. Een vrouw liep op de auto af. Ik herkende haar niet meteen. Het was mijn zusje.

7

Wanneer ik 's morgens wakker werd en op de rand van het bed ging zitten. Wanneer ik aan de telefoon met mijn moeder had gesproken en zijn bergschoenen in de gang zag staan. Wanneer ik 's avonds met mijn zusje een handje rijst kookte en wat groenten sneed. Op dat soort momenten geloofde ik niet dat Arne dood was. Ik geloofde het gewoon niet. Hoe aannemelijk was het dat mijn Arne, dertig jaar oud, op zomaar een dag in zomaar een straat was overleden? Het gebeurt toch zelden dat iemand ter plekke overlijdt?

Nee, het was anders verlopen. Dat moest wel. Aannemelijker zou zijn dat Arne gewond was geraakt. Misschien verlamd aan zijn benen. Heel misschien zou hij in een coma terecht zijn gekomen. Maar overleden? Dat was een stap te ver. Dat was een gedachtespinsel van een schrijver met een hang naar drama. Om het verhaal met een hamerslag te laten beginnen, zoals Ian McEwan in het eerste hoofdstuk van *Enduring Love* deed met het luchtballonongeval.

Als ik in de badkamer stond, met de schuimende tandenborstel in mijn mond, zag ik hoe het wel was gegaan. Ik zag Arne voor me in een ziekenhuisbed. Hij lag in een witte kamer nadat de ambulance met sirene en zwaailichten de straat uit was gereden. Zijn leven eindigde niet op het asfalt, onder de blikken van onbekenden. Ik zou niet te laat zijn geweest.

Zijn leven werd verlengd. Ademend en met gesloten ogen lag hij onder een deken. Ik bezocht hem elke dag. Trouw en schuldbewust zat ik aan zijn bed. De ontmoeting met Hanna zou een herinnering worden. Een eenmalige opwelling van emoties. Vluchtig opgeroepen door iemand met bruine ogen met wie ik beroepsmatig een uur had doorgebracht, meer niet. Ik zat aan het bed van mijn vriend. Ik praatte Arne naar me toe, ik fluisterde hem dichterbij, ik zong hem zachtjes mijn armen in. Open je ogen, word wakker, laat me in je blauwe ogen kijken. Ik hield zijn hand vast en mijn andere hand lag op zijn regelmatig ademende buik. Ik weet dat je hier bent, jij weet dat ik hier ben, kom terug.

Op een dag kwam hij naar me terug. Hij opende zijn ogen. Eerst keek hij naar het plafond, daarna naar mij. Hij glimlachte en zei: 'Jij bent het.'

Ja, dat zou aannemelijker zijn.

Ik zag hem voor me in een revalidatiecentrum. Na de operatie. Daar leerde hij weer hoe te lopen. Ik bezocht hem en zijn ouders waren er ook. De sfeer tussen ons was ingehouden uitgelaten. Dankbaar. Hij was er nog. De progressie was traag en vol frustraties, maar er was progressie. Arne was geen opgever. Hij vocht. Stapje voor stapje zou hij er komen. 'Houd voor ogen,' zei de behandelaar tegen hem, 'op een dag zal je weer kunnen fietsen. Jij en je meisje. Zij achterop en jij aan het stuur.' De behandelaar zou naar me knipogen. Ik zou naar Arne glimlachen. Het trotse vriendinnetje.

De volgende zomer zouden we een wandeltocht maken in de Franse Pyreneeën. Het kon weer. We waren eerder in dit gebied geweest en hadden toen het gevoel dat we er nog niet klaar mee waren. Het berglandschap was leeg en rauw. Met rugzakken op liepen we erdoorheen. Opnieuw zouden we onder de indruk zijn van het elementaire karakter. Steen, lucht, water. Dat was het enige wat we tien dagen zouden zien.

Overnachten deden we in een tentje, naast een rivier. Of op een vlak stuk tussen de rotsen. In onze aan elkaar geritste slaapzakken.

Elke ochtend zouden we opbreken en verder trekken. De spullen, klein en licht, in onze rugzakken. De eerste uren van de dag zou Arnes lichaam strammer zijn dan voorheen, maar dat gevoel verdween als we langer aan het lopen waren.

Eenmaal thuis zouden we de foto's bekijken die we hadden gemaakt. Er zouden geen mensen op staan. Alleen het lege landschap. Steen. Lucht. Water.

8

Op de vensterbank lag een stapeltje post. Mijn zusje had het daar neergelegd voordat ze naar huis was gereden. Haar leven kon niet langer op pauze staan. Ze had werk, een vriend en een kat. In het weekend kwam ze weer langs om boodschappen voor me te doen. Ze zou elke zaterdag komen. 'Het is goed,' zei ze, 'om een ritme te hebben. Zeker nu.'

Voor de komende week had ik genoeg eten in huis. Ze had ook alvast twee maaltijden gekookt. Dat hoefde helemaal niet, maar ze deed het graag. De bakjes stonden in de koelkast.

Vlak nadat mijn zusje was vertrokken, kwamen mijn ouders langs, alsof zij dat onderling hadden afgesproken. Ik had het niet erg gevonden om de rest van de dag alleen te zijn, maar ik wist dat ze het goed bedoelden.

Ze brachten een doosje thee en chocolade mee, waar we van namen terwijl we op de bank zaten. Mijn moeder legde haar hand op mijn rug en zei: 'Meisje, wat zie je bleek.' Mijn vader zat aan mijn andere zijde en voerde me stukjes chocolade die hij van de reep afbrak, totdat ik zei: 'Nu moet je ophouden, anders word ik nog misselijk.'

Voor het avondeten stapten ze weer in de auto. Ze wilden eigenlijk langer blijven en voor me koken, maar ik was moe van hun troostende woorden en meelevende blikken.

Ik liep naar het stapeltje post. Bovenop lag een kleine witte luchtkussenenvelop. In de hoek stond het logo van de omroep. Ik pakte hem van de stapel. Wat erin zat moest vierkant en plat zijn, licht van gewicht. Een moment stond ik met de envelop in mijn handen. Het moest de dvd zijn, de kopie van het interview.

Ik liep naar de kast, legde de envelop op een plank en deed de kastdeur dicht.

9

De buurvrouw vroeg hoe het met me ging.

Een paar dagen geleden had ze ook voor de deur gestaan, zei ze. Toen deed er iemand anders open.

'Mijn zusje,' antwoordde ik.

'Ja, dat kan je zien. Jullie lijken op elkaar.'

Alleen qua uiterlijk, wilde ik zeggen. Ik stond in de deuropening, mijn buurvrouw stond aan de andere kant van de drempel. Ik zag dat ze mijn gezicht bekeek. Haar ogen gleden over mijn wangen, mijn mond, mijn ogen. Wat zocht ze? Wat hoopte ze te vinden?

'Ik wilde alleen maar zeggen…'

'Ja.'

'Echt verschrikkelijk.'

'Ja.' Maar wat vond ze precies verschrikkelijk? De dood van Arne of haar eigen aandeel erin?

'Als ik iets voor je kan doen, geef maar een gil.'

'Dank je.' Als ze me zou horen gillen, door de muren heen, was het niet voor haar bedoeld.

In haar hand hield ze een sleutelbos vast. In haar andere hand haar telefoon. Ik zag het nu pas. Haar telefoon in het rode hoesje. Met die telefoon had ik de laatste keer contact gehad met Arne.

'Gaat het wel?' zei ze.

'Sorry.' Ik sloot de deur.

10

Ik zat aan de eettafel met voor me een A4'tje vol oude aantekeningen, uit de periode dat ik aan *Jaarringen* werkte. De woorden waren met potlood geschreven. Met een gum wiste ik ze uit. Ik deed het vaker. Gummen. Ik werd er rustig van.

Het was begonnen toen ik nog het baantje in de boekwinkel had. Regelmatig stond er een klant aan de kassa met een tas vol tweedehands romans en dichtbundels. Mijn baas ging over de inkoop en bladerde ieder aangeboden exemplaar vluchtig door. Als er aantekeningen in de kantlijn stonden of zinnen waren onderstreept, nam hij het boek niet aan. Soms glipte er toch een tussendoor. Die boeken maakte ik schoon. De potloodstrepen en krabbels gumde ik uit. Een kalmerend klusje. Wanneer er weinig klanten in de winkel waren, zat ik achter de kassa met een gum in de hand de pagina's af te speuren. Het was alsof ik de sporen van de vorige eigenaar uitwiste.

Als ik tegen sluitingstijd nog niet klaar was, nam ik het boek soms mee naar huis. Na het eten ging ik ermee door. Ik miste die avonden met Arne. Hij zat tegenover me aan tafel een nummer van *Science* te lezen en ik zat te gummen. Hij vond het niet vreemd of storend. Hij gaf me de ruimte. Ook dat kalmeerde me.

Als ik weleens uit mijn doen was, zei Arne: 'Ga anders even gummen.' Dan pakte ik wat voorhanden was, een ingevulde kruiswoordpuzzel of een rondslingerend boodschappenlijstje, en gumde de letters uit. Als ik ermee klaar was, voelde ik me beter.

Ik keek naar de stoel tegenover me. Ik miste hoe hij

me aanvoelde. Mijn gezicht kon lezen en zag wanneer ik moe was. Ik miste hoe onze lichamen om elkaar heen bewogen en elkaar vonden. Ik miste ons leven dat we niet bewust hadden ontworpen door te praten en te kiezen, maar dat geleidelijk was ontstaan door gewoon veel samen te zijn en dingen met elkaar te doen.

Ik gumde het hele vel leeg. Met mijn vlakke hand veegde ik het gumsel weg. Ik staarde een moment naar de gum tussen mijn duim en wijsvinger. Ooit was hij vierkant geweest, maar met de jaren was hij ronder geworden. Vreemd hoe deze gum al zo lang in mijn leven was. Langer dan Arne dat was geweest.

Het A4'tje legde ik in de doos met oud papier. De gum legde ik terug in het bakje met pennen, paperclips en elastiekjes.

II

Naast elkaar zaten ze op de bank. De ouders van Arne.

'We zijn niet met een reden gekomen,' zei Arnes vader. 'Er hoeft niets uitgezocht of geregeld te worden.' Ze kwamen zomaar langs. Onrust had hen uit het huis gedreven. Maar buiten was het niet veel beter.

Arnes moeder zei: 'Onderweg naar hier kreeg ik hartkloppingen bij het zien van ieder busje.'

'Ik heb hetzelfde,' zei ik. Een huichelachtige opmerking. Alsof zij en ik op één lijn zaten. Als nabestaanden hetzelfde waren.

'Ja,' zei Arnes moeder.

Na een stilte vroeg ik: 'Willen jullie iets drinken?'

Ik liep naar de keuken. Arnes moeder liep met me mee, zoals Hanna ook met me was meegelopen. In de keuken omhelsde ze me. Met drie glazen thee liepen we terug.

'Het ruikt hier nog een beetje naar Arne,' zei ze. Ze ging op de bank zitten en begon te huilen. Arnes vader hield haar hand vast. Na een paar minuten stond hij opeens op en liep naar de galerij om een sigaret te roken.

Arne had het meest op zijn moeder geleken. Haar ogen, haar gezicht. Maar de vlotte manier van lopen, zowel hier in de stad als in de bergen, had hij van zijn vader.

Verweet ze me dat ik niet meehuilde? Dat ik iets voor haar inschonk, naar haar luisterde en me liet omhelzen zonder een traan te laten? Misschien had ze het niet door. Zag en hoorde ze me niet echt. Ze rook haar zoon.

12

Een paar uur voor het televisie-interview. In mijn pyjamabroek en shirtje at ik een boterham. Arne zat al aangekleed tegenover me met een bakje yoghurt. Beiden waren we gericht op een katern van de krant. Ik keek naar een foto van een vogelbekdier.

'Wat een bijzonder beest,' zei ik. 'Het is een zoogdier maar het legt toch eieren.'

Arne hief zijn hoofd op en bekeek de foto ondersteboven. 'Ja, die is inderdaad bijzonder. Een combinatie van een reptiel, een vogel en een zoogdier.' Hij nam een hap van zijn yoghurt en zei nadenkend: 'Apart eigenlijk. Wij mensen maken een overzicht van diersoorten en als een dier daar niet in past, geven we dat dier het stempel "bijzonder". Terwijl, het toont toch vooral aan hoe ontoereikend het overzicht is.'

'Hier staat dat hij een snavel heeft, maar ook een staart die lijkt op die van een bever. Hij dreigt uit te sterven.'

'Ja?'

'Waar mensen komen, sterven dieren uit.'

'Maar lang niet alle dieren,' corrigeerde hij. 'Zulke onbehouwen dingen ga je straks toch niet op tv zeggen, hè?'

'Ga jij nou maar tieners vervelen.'

Ik las verder in het artikel en hij stond op om het schaaltje in de gootsteen te zetten. Buiten mijn zicht had hij zijn jas aangetrokken en zijn tas over zijn schouder gehangen. We gaven elkaar een kus. 'Zet 'm op straks,' zei hij. 'Succes.' En hij ging de deur uit.

Onze laatste momenten samen. We hadden het over het vogelbekdier.

13

De namen op de vertrekborden waren aantrekkelijke alternatieven voor hier.

Maastricht. Brussel. Hamburg.

ICE naar Berlijn. 19:04. Perron 2.

Ik liep in de richting van het perron, maar op de trap voelde ik me duizelig worden, alsof er iets aan mijn lichaam ontbrak. Energie of slaap. Ik bleef even stilstaan, met mijn hand op de trapleuning. Toen liep ik door.

De trein stond er al. Lichtgrijze wagons met een rode streep. Af en toe werd de streep door 'DB' onderbroken. De draaiende motor stootte een geluid uit als van een reusachtige stofzuiger. Wagon 12. Dat is bijna helemaal achteraan, zei de conducteur. Ik liep snel alsof de trein elk ogenblik kon vertrekken, al duurde dat nog vier minuten. Naast het cijfer 12 was een deur en ik stapte in.

Nummer 23 was nog vrij. Gereserveerde plekken. Ik ging in de comfortabele stoel aan het raam zitten. Vanavond wilde ik gewoon wat rondgereden worden. Een beetje dagdromen achter het glas. Maar het was nog geen zaterdag. Mijn zusje was er nog niet om me naar de parkeerplaats te rijden. Een trein was ook goed.

Ik had me voorbereid. In mijn linker jaszak zat een doosje paracetamol en een flesje water. In mijn rechterzak een krentenbol en mijn telefoon. Ik stak mijn hand in mijn binnenzak: het treinkaartje.

Ik voelde bijna geen verschil, maar het perron bewoog opeens. We reden het station uit, langs defecte treinstellen en hoogspanningskabels.

De stoel naast me bleef leeg. Het was stil in de coupé.

Een poosje keek ik naar buiten. Ik moest denken aan

wat mijn moeder laatst tegen me had gezegd. 'Het is niet jouw schuld. Zeg het elke dag hardop tegen jezelf als je 's morgens wakker wordt. Beloof je dat?' Ik had het beloofd. Maar ik had het niet gedaan. De volgende ochtend niet en de ochtenden erna ook niet.

Ik luisterde naar het gefluister van twee mensen achter me. Het gesprek kon ik net niet verstaan. Ik hoorde klanken, maar geen woorden. Het geluid had iets van geknisper. Aan de andere kant van het gangpad zat een man te typen op een laptop. Ook dat geluid, vingers die over toetsen gleden, had iets rustgevends. Mijn ogen vielen dicht.

Ik weet niet hoeveel tijd er was verstreken, maar ik opende mijn ogen en keek naar buiten. Het landschap was niet Nederlands meer. Het was weids en lichtgeel. Af en toe een vrijstaand huis in een pasteltint.

Het geluid van de openschuivende coupédeur. '*Tickets please.* Kaartjes alstublieft. *Zugfahrkarte bitte.*'

De vrouwenstem zei het nog niet tegen mij, maar tegen de rijen achter me. Ik pakte het dubbelgevouwen kaartje uit mijn zak. Na een paar minuten stond de vrouw naast me. Ze droeg een blauw uniform en een blauwe pet.

De ticket was langwerpig en van dik papier. Mijn hand trilde een beetje toen ik het kaartje aan haar gaf. Ik liet het los voordat zij het had aangepakt en het viel op de grond. Ze raapte het op.

Ze bekeek het kaartje, bekeek mij en toen weer het kaartje.

'Hier staat de heer Arne Visser vermeld,' zei de vrouw. Ze sprak Nederlands met een Duits accent.

'Ja.'

'U bent niet de heer Arne Visser.'

'Nee.'

'Is dit uw kaartje?'

'Ja, het is mijn kaartje. Van wie zou het anders kunnen zijn?'

'Van de heer Arne Visser.'

'Ik ben Arne Visser. Ik bedoel, dat is mijn vriend.'

De man aan de andere kant van het gangpad nam me nieuwsgierig op.

'U reist met het kaartje van uw vriend?'

'Ja.'

'Dan had hij het kaartje op uw naam moeten overzetten. Het is hoe dan ook...'

'U begrijpt het niet,' zei ik met gedempte stem. 'Dit is het kaartje van mijn vriend. Het hing op het prikbord in de keuken.'

Ze zuchtte. 'Dat is niet de bedoeling, mevrouw. Dit kaartje is ongeldig. U zult bij mij een geldig kaartje moeten kopen.'

De man aan de andere kant van het pad liet een geergerde blik op me rusten. Ik keek hem recht aan. Hij sloeg zijn ogen neer.

Ik stak mijn hand in mijn binnenzak. Die was leeg. 'Ik heb mijn portemonnee niet bij me.'

Ze zuchtte opnieuw. 'Geen kaartje en geen portemonnee? Dan moet ik u vragen bij de volgende stop de trein te verlaten.' Ze zei het kalm, geroutineerd.

'Mag ik eerst mijn kaartje terug?'

'Nee, mevrouw.'

Ik wilde het kaartje uit haar hand grissen maar ze was sneller en ze trok haar hand naar zich toe. Een moment keek ze me alleen maar aan. Ik keek haar aan. Toen draaide ze zich half van me weg, maakte de walkietalkie van haar riem los en zei er iets in. Ik kon niet horen wat.

Daarna bleef ze naast me staan, afwachtend. Over mijn hoofd heen staarde ze door het raam naar buiten.

De coupédeur werd opengeschoven. Een man voegde zich bij haar. Ook hij droeg een blauw uniform en een blauwe pet. Hij nam me op, van top tot teen.

'Deze mevrouw heeft geen geldig vervoersbewijs en ze beweert dat ze geen portemonnee bij zich heeft.' Ze gaf de man het kaartje. Hij bekeek het kort.

'Identiteitsbewijs?' vroeg hij aan mij.

'Dat zit in mijn portemonnee en die ben ik verloren of die zit nog in mijn andere jas, dat weet ik niet.'

Ze wisselden een blik.

'U wilt geen kaartje bij mijn collega kopen?' vroeg de man.

'Ik kan geen kaartje kopen.' Mijn hoofd begon te bonken.

'Luister.' Hij keek op zijn horloge. 'Over zes minuten komen we aan in Lundsheim. Daar stapt u uit. Daar kunt u een ander kaartje kopen. Of niet. Uw reis met deze trein stopt in ieder geval in Lundsheim.'

'Lundsheim? Hoe kom ik daar aan een nieuw kaartje?'

'Op het perron staat een automaat.'

'Maar ik heb toch geen geld bij me?'

'Dat had u maar eerder moeten bedenken.'

Uit mijn mond ontsnapte een lach. De resterende minuten van de reis bleven de man en de vrouw naast me staan. Ze zwegen en ontweken mijn blik.

Toen de trein begon af te remmen, zei de vrouw: 'Heeft u bagage bij zich?'

'Nee.'

'Kom. Opstaan,' zei de man.

Ik liep tussen hen het gangpad door. De man liep

voor me, de vrouw achter me. Opvallend veel andere mensen stapten hier ook uit. Sommigen bekeken me vanuit hun ooghoeken.

Lundsheim had een klein station. Waarom stopten we op zo'n klein station? De andere passagiers verlieten het perron niet, ze bleven allemaal ergens op staan wachten. De twee conducteurs stapten weer in. Vanuit de deuropening hield de man in de gaten dat ik niet opnieuw instapte. Hij blies op zijn fluitje. Alle deuren klapten eensgezind dicht.

Een paar minuten nadat de trein het station uit was gereden, stopte er een andere trein. München, stond er op de zijkant. Alle mensen verzamelden zich voor de ingangen.

Het werd al snel stil. Het perron was leeg. Uit mijn mond ontsnapte opnieuw een lach. Het was frisser hier en de wind nam de geur van gras en mest mee. Ik liep om het gebouwtje heen. Het was onbemand. Naast de gesloten deur stond een kaartjesautomaat. Een tweede apparaat met versnaperingen. In het glas zaten krassen, alsof iemand er met een sleutel overheen was gegaan.

Aan het begin van het perron ging ik op een muurtje zitten, naast een plantenbak. Er lag een leeg colablikje in. Mijn hoofd bonkte. Ik drukte twee tabletten paracetamol uit de strip, pakte het flesje uit mijn jaszak en slikte ze met twee slokken water door. Dat had ik al eerder willen doen, in de trein en daarna tussen de wachtende reizigers, maar ik geneerde me.

Het station werd omgeven door velden. Een doorgaande weg splitste het groen in tweeën. De silhouetten van een kerktoren en een fabriek. De rest van Lundsheim lag verborgen achter naaldbomen.

Het bonken hield niet op. Om mezelf af te leiden haalde ik de krentenbol uit mijn jaszak en nam een hap. Met roomboter was hij lekkerder geweest. Smeuïger. Ik at de helft op en bewaarde de rest.

Ik zag voor me hoe ik door het plaatsje liep. Langs de gevels van de huizen. In het centrum, op het plein waar het misschien drukker was, kon ik voorbijgangers om geld vragen. Maar het zou nooit genoeg zijn voor een kaartje.

Uit mijn jaszak pakte ik mijn telefoon. In mijn contacten scrolde ik door de namen. Mijn ouders, mijn zusje, Laura. Hanna. Ik stopte mijn telefoon terug in mijn zak.

Vanuit de verte kwam er een auto aangereden. Hij behield zijn snelheid, remde niet af en reed voorbij. Het wegstervende geluid van banden op asfalt.

Ik stond op en liep naar het aankomst- en vertrekschema. De volgende ICE naar Berlijn stopte hier morgenochtend om 10:06. De volgende ICE naar Nederland stopte hier morgenochtend om 08:10.

Ik ging weer op het muurtje zitten. Mijn hoofd bonkte nog steeds. Ik sloot mijn ogen. Dat hielp iets.

Na een tijdje opende ik ze. Uit mijn zak pakte ik de brief. Bovenaan in het midden zat een gaatje van de punaise die erdoorheen had gestoken. '*Sehr geehrter Herr Visser, mit großem Interesse habe ich Ihnen Brief gelesen. Ich würde mich freuen, Sie für einen Interview zu erhalten.*' Onder aan de brief stond: '*Mit freundlichen Grüßen, Professor Stutsfeld, Geographische Wissenschaften, Freie Universität Berlin.*'

Even heen en weer. Dat was zijn plan geweest. Overnachten in een hostel, het sollicitatiegesprek en met de middagtrein weer terug.

Ik gleed met mijn vinger over het punaisegaatje. Lesgeven op een middelbare school vond Arne niet vervelend, zeker niet, maar hij droomde van meer. Hij wilde promoveren. De taal was geen probleem. Hij was opgegroeid aan de Duitse grens, tussen Nijmegen en Kleve.

Het gesprek was morgenochtend om half tien.

Had iemand het afgezegd?

Ik vouwde de brief op en stopte hem terug in mijn zak. De hoofdpijn was iets gezakt. Ik liep het perron een stuk af. Aan het einde, op de rand, bleef ik stilstaan. Een ijzeren trappetje leidde naar grind, kiezelstenen en onkruid. Twee elektriciteitskasten en in de verte rode seinlichten.

We zagen onszelf al in Berlijn wonen. Arne met zijn nieuwe baan, ik zou aan mijn volgende boek schrijven. We zouden de stad leren kennen, nieuwe vrienden maken, in de vrije weken naar Polen en Rusland rijden. Na Berlijn lag onze toekomst open. We wisten nog niet wat we over vijf jaar zouden doen.

Ik draaide me om. Langzaam liep ik het station uit en stak de parkeerplaats over. Hier had ik niets te zoeken. Ik begon langs de doorgaande weg te lopen. Het was geen strakke rechte baan, maar een oude weg met bochten. Je zag niet wat er achter elke bocht lag. Het asfalt was vaak opgelapt. Verschillende kleuren grijs. Er reed geen enkele auto.

In de berm groeiden paardenbloemen en fluitenkruid. In het weiland stonden koeien. De meeste graasden ver weg, twee koeien stonden direct aan het prikkeldraad. Toen ik een stap dichterbij zette, rende er een het weiland in. De andere strekte haar voorpoten, maar bleef wel staan. Eerst was ze op haar hoede, maar al snel werd ze kalmer. Een koe kan zo kalm kijken. Gewoon kijken, terwijl ze draaiende bewegingen met haar onderkaak maakt. Herkauwen, alsof er niets aan de hand was. Alsof alles was zoals het hoorde te zijn. Met haar logge en knokige lichaam. Zwaar ademend door haar neusgaten. Haar staart ging omhoog en ze liet dunne poep lopen. Het kletterde op het gras en tegen haar poten. Een tijdje geleden had iemand tegen me gezegd: 'De realiteit is de beste uitkomst van alle mogelijke werelden.' Ik wist niet of ik het daarmee eens was. Laag stak ik mijn hand onder het prikkeldraad door, zodat ze er niet van zou schrikken. Eerst was ze huiverig, toen strekte ze haar nek. Ze haalde haar tong langs mijn huid. De tong voelde ruw en droog. Rustig trok ik mijn hand terug. 'Dag koe,' zei ik en liep door.

In de verte sloeg een kerktoren tien keer.

Het werd opeens koeler. Links van de weg lag een meer. Het water was donkerblauw, bijna zwart, de naaldbomen weerspiegelden erin. Boven het water een grijze lucht en in de verte donkergrijze wolken. Er zat regen in.

Vlak bij de kant dreven meerkoeten. Ik stak de weg over en ging op een grasverhoging zitten met uitzicht op het meer. De meerkoeten renden over het water weg, met hun grote poten, en streken verderop neer. Het gras was vochtig. Had het hier eerder op de avond geregend of was het al de dauw? Het trok in het katoen van mijn broek.

Ik at de halve krentenbol op en pakte mijn telefoon. Nadat ik er even mee in mijn hand had gezeten, opende ik de voicemail. Ik drukte de telefoon tegen mijn oor en hoorde haar zeggen: 'Hoi Karlijn, met Hanna.' Ze pauzeerde. 'Ik heb gehoord wat er is gebeurd. Gecondoleerd. Ik vind het heel erg voor je. Dat wilde ik even laten weten. Wat kan ik zeggen? Als ik iets voor je kan doen...'

Ik hield mijn duim boven het schermpje, twijfelde, beet op mijn onderlip en drukte de telefoon uit.

Lundsheim was een dorp. Aan de rand stonden eerst wat boerderijen, daarna kwam ik langs een autoshowroom. Met witte stift waren de prijzen op de voorruiten geschreven. Ik liep door een woonwijk. Huizen met lichte gevels en daken van grijs leisteen. Er was niemand op straat. Elk huis had een grote tuin, of beter gezegd, een stuk land waar niet veel mee gebeurde. Een paar minuten later was ik al in het centrum. De gevels waren donker, slechts een paar etalages werden verlicht. Een schoenenwinkel en een ijzerwarenzaak. Ik liep het marktplein op. Een fiets stond tegen een houten muziekkoepel aan. Een mountainbike. Op het trappetje zat een tiener te roken. Zou ik hem om hulp vragen? Aan een jongen die niet ouder kon zijn dan vijftien?

Aan het plein lag een rijtje cafés met ertussen een hotel. De gevel was lichtoranje met balkons van donkerbruin hout. Ik liep naar binnen. De vloerbedekking en het behang van de kleine lobby waren opgetrokken uit pasteltinten of het waren kleuren die met de jaren vaal waren geworden. Naast een kast waarin serviesgoed werd getoond zat een ouder stel op een bankje. De man las de krant, de vrouw was bezig met haar telefoon. Ze keek een moment naar me op, toen sloeg ze haar ogen weer neer, zonder te groeten.

Achter de balie stond een man van een jaar of veertig. Hij had gemillimeterd haar, een onderkin en een bril met een zwaar montuur. Op zijn poloshirt stond Hotel Heiderhof.

'*Guten Abend*,' zei ik.

'*Guten Abend*.'

Ik moest even naar de woorden zoeken, toen zei ik: '*Darf ich Ihnen etwas fragen?*'

Hij knikte.

'*Meine name ist Karlijn. Ich komme aus Holland. Ich suche ein Zimmer für heute Nacht.*'

'*Ein Zimmer für ein Person.*' Hij wilde al in de computer kijken.

'*Aber ich habe ein Problem. Ich habe kein Geld bei mir.*'

'*Kein Geld?*'

'*Ich hatte ein Problem am Bahnhof. Ich war in der Zug nach Berlin, aber ich bin hier in Lundsheim ausgestiegen. Morgen kan ich Ihnen bezahlen. Dann bin ich wieder zu Hause.*'

De man keek me vertwijfeld aan. '*Ich weiß nicht, ob ich Ihnen dort vertrauen kann.*'

'*Es ist eine seltsame Frage, das verstehe ich.*' Ik probeerde te glimlachen. '*Ich kann Ihnen meine Adresse geben. Meine Telefonnummer. Ich bezahle Ihnen Morgen. Wirklich.*'

Hij leunde met twee gestrekte armen op het tafelblad. Ik was hem tot last. Ik zag het aan zijn gezicht. Hij had hier geen zin in. Het was laat, hij had er al een hele dag op zitten.

'*Nur eine Nacht,*' zei ik.

'*Hast du gar kein Gepäck?*'

'*Nein.*'

Dat leek zijn wantrouwen alleen maar te voeden.

'*Sie können mich nachschlagen im Internet,*' zei ik. '*Dann wissen Sie wer ich bin.*'

Hij twijfelde even, toen legde hij zijn handen op het toetsenbord. '*Entschuldigen Sie, wie ist Ihr Name schon wieder?*'

Ik spelde mijn naam.

Het beeldscherm stond van mij afgewend. Ik kon niet zien wat hij zag. Het licht scheen vanonder tegen zijn hangende kin en in zijn brillenglazen. Hij keek naar mijn gezicht en toen weer naar het scherm. Hij draaide het scherm naar me toe. '*Sie sind Karlijn Spichter? Die*

Schriftstellerin aus den Niederlanden?'

Het was de foto die achter op het boek stond. Een half jaar geleden gemaakt.

'*Ja, das bin ich.*'

Argwanend keek hij me aan. '*Können Sie beweisen, dass Sie diese Frau sind? Reisepass, Führerschein?*'

'*Ich habe meinen Reisepass nicht bei mir. Aber ich bin es wirklich.*' Waarom deed hij alsof hij me niet herkende? Ik was de vrouw van de foto.

Hij draaide het beeldscherm weer terug. '*Ich bitte Sie vielmals um Entschuldigung. Es scheint mir jedoch, dass Sie alles frei erfunden haben. Leider kann ich Ihnen kein Zimmer anbieten.*'

Waar had hij het over? Volgens mij verzon hij zelf gewoon een excuus om van me af te komen. 'Goed dan.' Ik draaide me om en liep zonder hem te groeten naar buiten.

De jongen zat niet meer op het trappetje van de muziekkoepel. De fiets was ook weg. Een ander hotel in een zijstraat was gesloten. De gordijnen van de huizen waren dicht en op straat was het stil. Hier zou ik niets vinden. Ik besloot om terug naar het station te lopen. Misschien kon ik op een perronbankje gaan liggen. Of ik kwam onderweg iets tegen, een schuurtje of zo'n uitkijkpunt op palen voor jagers.

Ik verliet de bebouwde kom en liep dezelfde route als op de heenweg. Ik hoorde geen ander geluid dan mijn eigen voetstappen op het asfalt. Ik keek op naar de hemel, die nu helemaal donker was. Af en toe een lantaarnpaal.

De terugweg leek langer. Op een gegeven moment hoorde ik achter me het geluid dichterbij komen van een auto met een zware motor. Ik keek om. Het bleek een tractor te zijn. De koplampen schenen bijna door me heen. De tractor haalde me in en sloeg links af, een zandweg in zonder verlichting. Toen ik langs de afslag liep, zag ik in de verte de lampjes van een boerderij.

Een uitkijkpunt of een schuurtje was ik nog niet tegengekomen. Ik probeerde iets te ontdekken, het silhouet van een bouwwerk, maar de bosranden waren donker. Ik kwam langs het meer en het weiland waar ik de figuren van de koeien zag. Sommige stonden, andere lagen. Ik hoorde ze niet grazen of herkauwen. Daarvoor was de afstand te groot.

Het station bereikte ik een paar minuten later. Veel licht opeens. Voor wie? Er was hier niemand. Ik ging op een bankje zitten, onder het afdak. Uit mijn jaszak pakte ik mijn telefoon. Ik zocht het nummer van Hanna op. Mijn vinger hing boven het icoontje van de groene telefoon. Ik beet op mijn lip. Ik scrolde door en stopte bij 'Thuis'. Mijn duim hing boven het schermpje. Het was half twaalf. Ze lagen waarschijnlijk al in bed.

Mijn moeder nam op met zachte stem. Zij nam altijd op als ze in bed lagen. De vaste telefoon stond aan haar kant op het nachtkastje.

14

Twee dagen ben ik bij mijn ouders gebleven. Met mijn moeder dronk ik thee in de kleine achtertuin. We hebben veel gepraat. Meestal op gedempte toon, zodat de buren ons niet konden horen. Sinds een half jaar woonden er nieuwe mensen. Meneer en mevrouw Gijsen waren verhuisd naar een verzorgingsflat, nu woonde er een jong gezin. Het gras was vervangen door stenen tegels en sinds kort hadden ze een zwembad voor de kinderen. Geen rond badje, maar een bassin dat de halve tuin in beslag nam. Na een tijdje was mijn hoofd vol van het praten en van het gegil aan de andere kant van de schutting. Ik pakte mijn moeders wandeljas die aan de kapstok hing en trok hem aan. Zoals altijd zaten er hondensnoepjes in de linkerzak en een oude tennisbal in de rechter. De hond stond al met haar snuit tegen de voordeur.

'Ik ga even lopen,' riep ik.

Veel gepraat, maar over Hanna had ik gezwegen.

Ik trok de deur achter me dicht. Met de hond aan de riem liep ik het voortuintje uit, de straat en de wijk uit. Waar de huizen ophielden, begon het bos. Bezoekers van buitenaf parkeerden hun auto aan het einde van de doodlopende weg, op de zanderige parkeerplaats vol kuilen. Een oude, verweerde plattegrond onder een houten afdakje gaf aan welke routes je kon wandelen. Altijd stonden er wel auto's, maar voorbij de parkeerplaats kwam ik zelden iemand tegen.

Op de heide liet ik de hond los. Naast het pad bloeiden meidoornstruiken en gele brem. De wind gleed langs de lichtgroene blaadjes van een berk. De schaduw van de dunne stam op de grond was flauw, zonder een duidelijke contour.

Ik dacht aan de laatste keer dat ik hier met Arne en de hond was geweest. We droegen onze dikke jassen nog. Het einde van de winter of het begin van de lente, dat wist ik niet meer precies. Arne was gek op de hond. Keer na keer gooide hij de bal voor haar uit. Ze rende erachteraan en kwam hem steeds terugbrengen. Kort daarvoor, toen mijn ouders een weekend weggingen, had ze bij ons gelogeerd. 's Nachts had ze aan ons voeteneind geslapen. Na dat weekend wilde Arne ook een hond. Maar het was er niet van gekomen.

Op een omgevallen boomstam ging ik even zitten. Ik keek uit over de lage bruine heidestruikjes en het lichtgroene korstmos op de stenen. De hond plofte hijgend voor me neer op het zand. Ze keek naar me op. Omdat ik de bal niet weggooide, groef ze een kuil.

We hadden die middag ook hier gezeten, toen groef ze ook een kuil. Ik had mijn hoofd op Arnes schouder gelegd en hij zijn hand op mijn been. Hij had opgemerkt hoe mooi haar vacht glansde in het voorzichtige zonlicht. Hoe mooi de heide was, zelfs als die nog niet bloeide. Op een gegeven moment had hij de bal opgepakt en met gestrekte arm in de lucht gehouden. De hond had er geconcentreerd naar gekeken. Dat was hun spelletje: hij hield de bal stil in de lucht en zij stond er met één voorpoot los van de grond zo gefixeerd naar te kijken dat haar lichaam begon te trillen. Opeens gooide hij de bal weg en zij stoof erachteraan.

'Een hond in Berlijn,' had ik gezegd, 'is dat niet zielig?'

'Ook als hij nog jong is en niet beter weet?'

We keken naar de kuil die ze had gegraven. De heide. Het zandpad.

'Dit zal onze hond daar allemaal niet hebben.'

'Misschien heb je gelijk.'

'Erna?'

'Ja, erna.'

Ze bracht de bal terug en Arne gooide hem nog eens weg. De zon brak een moment door de bewolking heen en hij zei: 'Het is vandaag mooi weer, al zeg ik het zelf.'

Ik moest er nu opnieuw om glimlachen. Hij had allerlei varianten op dat grapje. 'De Eiffeltoren is bijzonder goed gelukt, al zeg ik het zelf.' 'Je hebt heerlijk gekookt, al zeg ik het zelf.'

Ik stond op van de boomstam en liep terug over het pad. De hond volgde me. Via een andere route wandelde ik naar huis.

Aan het einde van de middag bracht mijn vader me weg. Op de achterbank lag het oude hondenkleed. We reden onze wijk uit en de straten door die ik van vroeger kende. Het centrum van het dorp. Ik had hier talloze keren gefietst op weg naar de middelbare school. Wilde ik toen al schrijver worden? Droomde ik toen al van een man als Arne? Ik wist het niet meer, het was zo lang geleden. Een ander leven. Uit hoeveel levens bestaat een mensenleven? Misschien verlangde ik toen naar alles wat ik later even had. Een gepubliceerd boek, een eigen appartement in de grote stad, een vriend. Er was bijna niets veranderd. De straten waren nog hetzelfde, de huizen ook. Nu fietsten er andere tieners in groepjes breeduit over de weg. Mijn vader bleef er geduldig achter rijden.

'Je hebt je moeder flink laten schrikken. En mij ook.

Ze heeft zeker tegen je gezegd dat je niet meer van die impulsieve dingen moet doen?'

'Ja, inderdaad.'

'Ik heb een ander advies voor je. De volgende keer dat je in de trein naar Berlijn stapt, vergeet dan je portemonnee niet. Kijk maar welk advies je meer aanspreekt.'

Het miezerde. De ruitenwissers gleden met grote tussenpauzes over de voorruit.

'Pap,' zei ik.

'Ja.'

'Ik heb nog niet gehuild om Arne.'

Hij zuchtte. We sloegen links af en reden een stuk rechtdoor. Hij bleef in hetzelfde lage tempo rijden, hoewel er geen scholieren meer voor ons fietsten. De ruitenwissers begonnen piepende geluiden te maken. Hij zette ze uit.

'Huilen is ook niet alles,' zei hij.

'Niet? Je ziet het toch iedereen doen.'

'O ja? Ik zie het bijna nooit iemand doen.'

'In boeken, op televisie, in films.'

We reden het dorp uit. Een rotonde over. Daar stonden de blauwe borden van de snelweg.

'Heb je het er al met je moeder over gehad?'

'Ja.'

'Wat zei ze?'

'Dat ieder op zijn eigen manier huilt.'

'Daar heeft ze gelijk in, denk ik. Ik zou me er niet te veel zorgen over maken.'

Ik keek hem alleen maar even aan.

'Goed,' zei hij, 'zullen we na zoveel vaderlijke wijsheid even wat muziek luisteren?'

Ik knikte. Hij zette de radio aan. We sloegen rechts af en draaiden de snelweg op.

15

In de koelkastdeur stond een ongeopend pak yoghurt. Het was al weken over de datum en toen ik het openmaakte verspreidde het een zure lucht. Arne had het pak gekocht. Hij at altijd yoghurt als ontbijt, met muesli en schijfjes banaan. Boven de wc drukte ik het pak leeg. De yoghurt was zowel dunner als klonteriger geworden. Hij plonsde in de pot. Ik trok door.

Er was een nieuwe *Science* in de bus gevallen. In Arnes plaats las ik twee artikelen. De inhoud begreep ik niet. Te veel vaktermen. Had Arne de artikelen in *Science* wel begrepen? Ik vermoedde van wel. We spraken er eigenlijk niet over. We namen ook niet elke roman door die ik las.

Mijn telefoon piepte. Een berichtje van Steven. Hij vroeg hoe het met me ging. Arne had één goede vriend, zoals hij ook één paar favoriete schoenen en één lievelingstrui had. Drie maanden geleden was Steven naar Schotland verhuisd. Voor de begrafenis was hij een dag teruggekomen. Sindsdien had ik niets meer van hem gehoord. Zelf zocht ik ook geen contact. Ik had eigenlijk niets met Steven, ook niets tegen hem, ik kende hem gewoon niet zo goed. Andere vrienden van Arne evenmin. We hielden onze vrienden gescheiden. Dat was aan het begin van onze relatie al zo en dat was gebleven. Ik typte een berichtje terug. Nog geen minuut later kreeg ik antwoord. Daar bleef het bij.

Even leek ik tocht te voelen. Ik liep naar het raam. Het was dicht, boven en beneden. Ik moest het me verbeeld hebben.

Aan de eettafel gumde ik een paar bladzijden uit een notitieboekje leeg.

Ik deed een was op veertig graden. Arnes onderbroeken en T-shirts stopte ik er ook bij. Het was een kleine moeite.

Terwijl ik dat allemaal deed, voelde ik voortdurend de aanwezigheid van de envelop in de kast. Ik kon hem niet wegdenken. Maar ik wilde hem ook nog niet openen. Hij lag er te wachten op het juiste moment. Ik had geen idee wanneer dat zou zijn. Het moment zou zich aandienen.

16

Mijn zusje liep naar de auto en ik volgde haar. We stapten in, maakten onze gordels vast en reden de straat uit. Ze nam niet de kortste route naar de supermarkt. Eerst reden we wat rond in de omgeving. Langs de rivier waar zeilbootjes door het water gleden. De golven die ze vormden waren bijna verdwenen zodra ze de kant raakten. De driehoekige zeilen waren wit, eentje was bruin. Tussen de bootjes glinsterde het zonlicht. Het moest de jaarlijkse wedstrijd zijn waarvoor de scheepvaart een paar uur werd stilgelegd.

Daarna reden we langs een woonwijk in aanbouw. Een gele bulldozer en huizen waar nog geen daken op zaten. Sommige wegen bestonden alleen nog maar uit zand.

Sinds we in de auto waren gestapt, hadden we nog niets tegen elkaar gezegd. Even leek alles zoals het moest zijn. Wij twee, in een auto, aan het begin van het weekend. Niet anders dan anders. Arne had thuis kunnen zijn.

'Hoe gaat het met je?' vroeg mijn zusje toen de woonwijk uit het zicht was verdwenen. 'Slaap je een beetje?'

'De ene nacht beter dan de andere.'

'Eet je van het fruit dat ik voor je heb gekocht?'

'Ja, mam.'

'Sorry, ik klink wel heel streng.'

'Een beetje wel. Alsof ik een project ben.'

'Dat ben je niet. Dat weet je.'

'Ja, dat weet ik.'

Op een kruispunt sloeg ze links af en zei: 'Je was in Duitsland, vertelde mama.'

'Ik had eigenlijk vooral zin om in de trein te zitten.'

'Oké.'

'Arne had die sollicitatie in Berlijn. Het kaartje hing op het prikbord. Ik dacht...'

'Ja,' zei ze na een tijdje. 'Hij was zo enthousiast over dat plan.'

Zwijgend reden we verder. In een lange winkelstraat parkeerde ze. 'Ik doe even een boodschap voor mezelf, oké?' Ze stapte uit en stak de straat over. Ik zag niet waar ze naar binnen ging. Ik keek uit op een slager. Rood vlees in de vitrine. Buiten op de stoep stond een grillkast met roterende kippen aan het spit, glimmend van het vet. In welke wijk waren we eigenlijk? Ik kende deze straat niet. Ik keek naar de voorbijlopende mensen. Ze waren mooi gekleed. Een zonnige zaterdagochtend. Verderop was een koffietentje. Op het terras zaten mensen met zonnebrillen en opgestroopte hemdsmouwen te genieten van zichzelf.

Aan de overkant was een fietswinkel. Vooral tweedehands fietsen. Een meisje probeerde een geel model uit. Was dat mijn zusje? Of iemand anders? Ze fietste over de stoep en reed de straat op. De verkoper bleef voor zijn winkel staan wachten tot ze terugkwam.

Het achterportier werd opengemaakt. Mijn zusje legde een papieren tasje op de achterbank. Ze stapte in en startte de motor. Opnieuw het gevoel dat we zomaar wat rondreden. Maar misschien had zij wel degelijk een richting voor ogen, een route die mij ontging. De straten volgden elkaar op, de auto's, de fietsers, de verkeerslichten, en hierbinnen soms de tikkende richtingaanwijzer.

Aan de rand van de stad, op de parkeerplaats van de supermarkt, kwamen we tot stilstand in een leeg vak tussen twee auto's. Ze draaide de motor uit en vroeg: 'Ga je mee?'

'Ik blijf liever hier.'

'Wat zal ik allemaal voor je halen?'

'Paracetamol, die is bijna op. En graag weer iets voor een rijstgerecht.'

'Prima.'

'Een paar salades lijkt me lekker. Brood, chocolade.'

'Ik zal ook wat fruit meenemen. Ik zag dat de bananen bijna op zijn.'

'Fijn. Dank je.'

Ze stapte uit. Vanachter het glas volgde ik haar. Hoe ze naar de overdekking van doorzichtige golfplaten liep, een winkelwagentje uit een rij trok en het naar de schuifdeuren duwde. Toen ze binnen was, keek ik naar rechts. Op de ruit van de auto naast me zaten plakstickers van boerderijdieren in de kleuren rood, geel, groen en blauw. De zon was een tijdje achter een wolk geweest en brak nu weer door. Het felle licht toonde hoe vies de ruiten waren. Het werd ook meteen warmer achter het glas. Ik trok mijn wollen vestje uit.

Een auto reed de parkeerplaats op, maar het motorgeluid hoorde ik niet. Twee met elkaar pratende vrouwen duwden hun winkelwagentjes naar binnen. Daarna bleven de schuifdeuren een tijdje dicht en kwamen er geen nieuwe mensen de parkeerplaats opgereden. Alleen maar de stille auto's in de zon. Het spiegelende glas. De glimmende motorkappen.

Ik draaide het raampje iets naar beneden. Frisse lucht. Ik luisterde naar het ruisen van de bomen en legde mijn achterhoofd tegen de steun. Te weten dat mijn zusje daarbinnen met een karretje langs de schappen liep en ik hier zat, in deze auto, op deze parkeerplaats, gaf me iets.

17

Laura oefende op haar viool en ik zat op een kussen in de diepe vensterbank. Doe maar net alsof ik er niet ben, had ik tegen haar gezegd.

Ze oefende toonladders bij het andere raam. De muziekstandaard stond zo opgesteld dat het daglicht op de bladmuziek viel. Ze woonde in een kamer die om vier uur in de middag al schemerig werd en haar leefregel was: overdag geen lampen aan. De kamer was sober ingericht. Een bank, een ronde tafel, een bureautje en een stoel. Laura was dun en gebruikte geen make-up. Ik kende niemand die zo eenvoudig leefde, en die zo vriendelijk was.

Ze studeerde elke dag thuis viool om het plezier van het studeren. Optreden deed ze zelden. Ze werkte een paar dagen in de bibliotheek.

Terwijl ik in de vensterbank was gaan liggen, op mijn zij, speelde Laura iets wat ik haar vaker had horen spelen. Iets romantisch.

Ik keek de kamer rond om te zien of er iets was veranderd sinds mijn laatste bezoek. Dat was een week voordat ik het raam had opengezet. De bank, de muren, de tafel: ik kon geen verschil ontdekken. Haar kamer was precies hetzelfde gebleven. Ik wist niet of ik dat een opluchting vond of verontrustend.

Ik verweet haar dat ik niet eerder aan haar had gedacht. Dat we niet zúlke goede vriendinnen waren. Als ik naar haar toe was gewandeld, was ik nu geen nabestaande.

Ze nam een pauze en legde haar viool in de koffer. Op blote voeten liep ze naar het keukenblokje en schonk zichzelf een glas water in. Ze vroeg niet of ik ook iets wilde drinken. Ik was er niet.

'Ben je weleens verliefd geweest op een vrouw?' zei ik.

'Nee. Hoezo?'

'Gewoon. Ik vroeg het me af.'

Ze zette het glas water op de grond, naast de muziekstandaard.

Ik haalde een sleutel uit mijn broekzak. Vanmorgen had ik die laten bijmaken. Een reservesleutel van mijn voordeur. Ik gaf hem aan haar. Ze hing hem aan een haakje met andere sleutels, naast het keukenblokje. 'Laat maar weten als je hem nodig hebt,' zei ze.

Ze liep naar de viool toe, klemde hem tussen kin en schouder en begon weer te spelen. De kamer, met de houten vloer, had een goede akoestiek.

Ik bleef op mijn zij liggen, mijn knieën iets opgetrokken. Met ogen dicht luisterde ik naar haar oefeningen. De herhalende klanken. Toen ik mijn ogen opende, speelde Laura niet meer. Ik moest in slaap zijn gevallen. Ze hurkte naast me. Ze had haar jas en sandalen aan. Ze droeg er sokken in.

'Ik ga bij iemand eten,' zei ze. 'Wil je mee?'

Ik schudde mijn hoofd. 'Mag ik nog even hier blijven?'

'Doe je de deur achter je dicht als je weggaat?'

Ik knikte. Sloot mijn ogen weer.

Toen ik wakker werd, was het buiten donker en in de kamer nog donkerder. Zonder een lamp aan te doen liep ik naar de deur. De kamer was zo leeg, ik stootte nergens tegenaan.

18

Ik stond voor onze boekenkast. Slechts een halve meter was gevuld met Arnes boeken. Beduimelde exemplaren over vogels, expeditietochten op de Noordpool en dagboeken van solozeilers op zee. Arne las alleen 's avonds in bed, liggend op zijn rug, het boek op zijn buik. Hooguit een half uurtje, dan viel hij in slaap. Hij las nooit meer dan één boek tegelijk, heel overzichtelijk. Als tiener had hij de belevenissen in de natuur van John Muir verslonden. Hij vond het prachtig hoe Muir tijdens stormen in de toppen van bomen klom om de wind te ervaren. Na de middelbare school had hij nog maar één roman gelezen. *Nooit meer slapen*. Omdat ik eens als grapje tegen hem had gezegd: 'Daar komt ook een Arne in voor.' Hij was eraan begonnen en had het in één ruk uitgelezen. Het Noorse landschap, geologie, de kamperende jongens: het was helemaal zijn boek.

Arne uit de roman is een Noorse geoloog, en de beste vriend van Alfred tijdens de expeditie, de twee andere jongens haken halverwege af. Wat typerend is voor Arne: zijn vader wil hem allemaal nieuwe spullen geven, maar dat weigert hij. Liever heeft hij een oude fotocamera, oude kleren, een oude rugzak.

Was het Arne die tijdens het lopen of 's avonds in het tentje opmerkt dat de mensheid alleen maar bestaat om muggen van bloed te voorzien? Ik wist het niet meer zeker, maar ik had het altijd onthouden. Als iemand tegen me over de zin van het leven begon, moest ik er vaak aan denken.

Deze Arne sterft ook jong. Op de rotsblokken, niet

ver van zijn tentje, naast een rivier. Gevallen. Uitgegleden.

Er waren nog meer overeenkomsten tussen deze Arne en mijn Arne. Geologie en geografie. Allebei blond. Ze hadden allebei een afkeer van nieuwe spullen. Ze hielden allebei van bergwandelingen, maar op verschillende plekken op de wereld: de een in Noorwegen en de ander in Zuid-Europa.

Het was alsof Arne uit *Nooit meer slapen* een nieuw leven was gegund. In plaats van jong te sterven langs een rivier in Noorwegen, kreeg hij een tweede kans in een ander land en in een andere tijd. Arne groeide op bij andere ouders, in een ander huis, ging naar een andere school en speelde met andere kinderen. Aan het einde van de middelbare school koos hij niet voor de studie geologie, maar voor geografie, omdat hij toen al wist dat hij iets met aardrijkskunde wilde gaan doen. Hij ontmoette een meisje, hij ontmoette mij. Op zijn dertigste woonde hij samen en werkte hij als leraar aardrijkskunde. Hij nam me mee naar de Pyreneeën. Soepel als een berggeit liep hij over de keien en rotsen. Hij gleed niet uit, hij viel niet met zijn hoofd op de stenen in een kloofdal. We gingen samen terug naar huis en dachten erover naar Berlijn te verhuizen.

Maar al leefde hij in een ander land en in een andere tijd, hij ontkwam niet aan zijn lot. Zijn rol lag vast: hij zou opnieuw jong sterven.

Als Arnes lot vastlag, was ik dan onschuldig? Zou hij, ongeacht mijn handelen, toch wel zijn gestorven?

Zo makkelijk kwam ik er niet van af. Dat klonk alsof ik mijn verantwoordelijkheid probeerde af te schuiven. Me verschuilde achter een vorm van predestinatie en het gegeven dat er een god in het spel was. Dat kon ik moeilijk geloven. Ik was degene die het raam had opengezet, niemand anders. Het was mijn eigen keuze geweest. Als ik dat niet had gedaan, was alles anders gelopen die dag.

19

Ik hield een douchegordijn in mijn handen. Netjes als een rechthoek opgevouwen, verpakt in cellofaan. Nog geen uur geleden stond ik in mijn badkamer en niets had me plotseling belangrijker geleken dan de aanschaf van een nieuw douchegordijn. Eentje zonder bruine aanslag en schimmelvlekjes. Ik was naar het centrum gefietst en liep deze winkel in, naar deze etage, dit schap. Nu stond ik met het simpelste en goedkoopste douchegordijn in mijn handen. Het was egaal wit. Te bevestigen aan een buis met de acht bijgeleverde ringen. Hetzelfde gordijn als Arne en ik een jaar geleden in deze winkel hadden gekocht. We namen zulk soort beslissingen altijd samen. Arne zou een voorkeur hebben voor dit douchegordijn. Wit en kalm, zou hij zeggen, is goed. Kleur en motieven vind ik leuker, zou ik zeggen. We zijn geen veertien meer, zou hij zeggen. Niet zo streng, zou ik zeggen.

In het schap lag een ander douchegordijn met groene en rode cirkels die elkaar overlapten. Ik pakte het eruit. Nu stond ik met twee douchegordijnen in mijn handen.

Ik was huiverig om een verandering aan te brengen in ons appartement. Mocht ik zonder te overleggen kiezen voor het douchegordijn dat mijn voorkeur had? Ik voelde me een weegschaal met aan beide zijdes een gewicht. Een tijdje keek ik de winkel in, naar de andere mensen. Ik besloot dat Arne zou zeggen: ik zal het niet gebruiken, het is nu jouw badkamer, jij mag kiezen.

Met het gekleurde douchegordijn liep ik naar de kassa.

20

Onaangekondigd stond mijn uitgever voor de deur. Ik had opengedaan en hem binnengelaten. Wegsturen zou onbeleefd zijn. Hij was tenslotte helemaal naar mijn huis gekomen. Ik wist niet of hij al in de buurt was of speciaal voor mij in de auto was gestapt.

'Ik heb je een paar keer gebeld de afgelopen week, maar ik kreeg je niet te pakken,' zei hij. 'Hoe gaat het met je?'

Ik zat rechts op de bank, tegen de leuning aan. Hij zat op een bijgeschoven eetkamerstoel.

'Ik heb me weleens beter gevoeld.'

Hij knikte. 'Het is een emotionele tijd voor je. Ik kan me geen voorstelling maken van wat je doormaakt. Mensen zeggen al snel dat ze je begrijpen, maar wat weten anderen van wat je voelt?'

'Ja.' Ik wist niet zo goed wat ik moest zeggen.

'Niets is zo vervelend als mensen die beweren dat ze je begrijpen. Elk verdriet is anders. Het verdriet is van jou en jij gaat ermee om zoals jij wil.'

'Ja, dat is misschien wel zo.'

'Je hebt jouw ritme, jouw manier van doen. Ik weet dat ik mijn auteurs nergens toe kan dwingen. Aandringen werkt averechts. Ik geef je alle ruimte. Je komt vanzelf naar me toe als je er klaar voor bent. Dat is de natuurlijke cyclus en daar moet je niet aan tornen.'

'Ja.'

'Maar... het zou zonde zijn als we dit momentum niet grijpen. Je boek verdient het. Het is steengoed. Je hebt er jarenlang hard aan gewerkt. Straks is het moment voorbij. Je wil niet dat het voorbij is gegaan zonder dat we het benut hebben. Het is mijn taak om boeken te verkopen. Laat me mijn werk doen.'

Weerhield ik hem daar soms van? Wat was hij nu dan aan het doen? Ik keek naar zijn pratende hoofd. Zijn bewegende lippen. Zijn grijzende haren. Zijn ogen met de o zo karakteristieke kraaienpootjes. Hij was ouder geworden dan dertig. Hij hoorde bij de doorlevers. Net als ik. Net als wij allemaal.

'Eén interview is genoeg. Voor een krant of tijdschrift. Geen camera's als je dat niet wil. De journalist kan hiernaartoe komen. Veilig in je eigen omgeving. Je hoeft de deur niet uit. Met een exclusief interview kunnen we voortbouwen op het televisie-interview. Dat is alles wat ik van je vraag. En een aantal gesigneerde exemplaren. Niet veel. Een stuk of honderd. Denk er maar eens over na.'

Voortbouwen op het televisie-interview of op Arnes dood?

Mijn blik gleed naar het gesloten raam.

21

Hoe geruisloos komt de dood. Als een vos sluipt hij je leven binnen en neemt iemand mee. Onze laatste dagen waren licht geweest. We lachten, we hadden geen ruzie, we leefden ons leven. We aten samen aan de houten tafel, de sollicitatiebrief hing aan het prikbord, we fantaseerden over het interview. De avond voor het interview at Arne van zijn toetje en deed alsof de lepel een microfoon was.

'Welkom, Karlijn. Mag ik "je" zeggen?'

'Zeker.'

'Karlijn, wat vind je zelf nou van het boek?' Hij stak de lepel onder mijn neus.

Ik sloeg hem lachend weg. 'Houd toch op.'

Hij hield de lepel weer voor zijn eigen mond. 'Het is nogal een mensenboek, hè? De andere diersoorten komen er bekaaid van af. Waarom is dat?'

'Ach, ga toch stenen tellen.'

'Wat verdien je eigenlijk per boek? Kan je daar nou van leven?'

'Mijn vriendje onderhoudt me. Hij heeft een vaste baan.'

'Karlijn?'

'Ja?'

'Onze kijkers willen heel graag weten: wat vind jij nou de aantrekkelijkste man aller tijden?'

'Harmen Siezen.'

'Dat is het goede antwoord. Tot slot, wat vind je van de stelling: elke schrijver is een mislukte nieuwslezer?'

'Klopt!'

Lichte dagen. En toch. Als ons leven samen goed was,

waarom was er dan een opening geweest waardoor ik Hanna naar binnen liet glippen? Was ik zo gemakkelijk te verleiden?

22

Ik stond voor de school waar Arne jaren had gewerkt. Ik wist welke route hij die dag had gefietst. Hij was links afgeslagen. Ik deed hetzelfde, maar dan te voet. Het was half drie in de middag en de lentezon was warm. Ik droeg een linnen colbertje en tijdens het lopen hield ik mijn handen in de zakken. Ik wandelde langs de gymzaal waarin de lampen brandden en langs het grote grasveld waarop in kringetjes wat scholieren zaten. Hij was de woonwijk in gereden met tussen het groen vrijstaande huizen. In zijn ene hand wellicht een boterham, zijn andere hand aan het stuur. Af en toe een verkeersdrempel: een auto moest de snelheid verlagen, maar Arne had kunnen doorrijden. Er lagen drie grote keien langs de weg. Aan de plastic zakjes en platgetrapte blikjes te zien hingen hier vaak scholieren rond. Nu zag ik niemand.

Dit was het rustige deel van zijn route. Woonhuizen, bosjes, vrijwel lege straten. Waar dacht hij aan? Misschien keek hij alleen maar naar de tuinen en de bomen. Misschien was hij met zijn gedachten ergens anders. Bij zijn lessen, in Berlijn, bij mij.

Ik ging op een kei zitten. De steen voelde warm aan mijn billen en de zon brandde op mijn gezicht. Plotseling stak er een verkoelend briesje op. De blaadjes in de bomen ritselden. Er reden vier leerlingen met grote rugzakken voorbij, ze lachten en riepen naar elkaar. Ik wachtte tot ik Arne zou zien langsfietsen, maar dat gebeurde niet. Ik stond weer op. Langs een rijtje huizen liep ik de wijk uit, het groen uit, een doorgaande weg op. Hier moest hij rechts af zijn geslagen. De drukke straat slingerde een paar kilometer langs flats, kantoren en een benzinepomp. Rechts van hem lag de stoep waarop ik liep, meteen links van hem langsrazende auto's. Tien minuten lang auto's en stadsbussen. Het geluid vermoeide me. Hem ook? Een paar keer zag ik hoe een bestelbusje half op het fietspad reed en net op tijd bijstuurde. Via een tunneltje gleed Arne onder een weg door en kwam hij aan de andere kant weer boven. Een paar minuten lag de treinrails parallel aan de straat, toen verdween die achter gebouwen.

Ik zag hem voor me, met zijn haren in de wind en zijn jas een stuk opengeritst. Ook zag ik leerlingen, traag in groepjes op het fietspad. Zou hij ze ingehaald hebben? Zouden sommige jongens en meisjes hem hebben herkend en hebben geroepen, gezwaaid? Was hij zo'n leraar?

De straat die ik nu insloeg leidde naar de rivier. De weg ging iets omhoog en ik liep de brug op. Tientallen meters onder me het water. Het zonlicht weerspiegelde erop, maar nog niet zo fel dat het me verblindde. In de verte de spoorbrug met zijn ouderwetse stalen constructie. Een paar mensen lagen op het strandje op een handdoek. Een kind speelde aan de waterlijn, maar niemand zwom. Het oversteken van de brug duurde meer dan vijf minuten en de zon brandde op mijn haren. Intussen keek ik naar de kade en de boulevard aan de overzijde. De weg daalde iets. Direct na de brug bereikte Arne het centrum. Hij zou beslist het centrum doorkruist hebben en er niet met een boog omheen zijn gefietst. De eerste winkelstraten kwamen in zicht. Hier werd het chaotischer en smaller, alsof je in een fuik reed. Ik volgde hem de fuik in.

Hier ergens hadden we elkaar willen tegenkomen. In een van deze straten. Zou hij mij al verwacht hebben? Keek hij naar mij uit?

Op dat moment had hij nog maar enkele minuten te leven. Het busje reed al in zijn buurt. Misschien reed het naast hem. Reden ze samen op.

Hij fietste sneller dan ik kon lopen. Ik wilde met hem mee rennen en bij hem blijven, tegelijkertijd wilde ik mijn tempo inhouden en tijd winnen. Hij passeerde als eerste de winkelpuien van een kleine supermarkt, een boetiekje, een traiteur. Daarna kwam ik pas. Ik kon hem niet bijhouden. Ik zag hem gaan in de stroom fietsers. Een blond plukje dook nog op tussen de andere mensen. Toen was hij weg. Gevallen, omlaaggetrokken, kopje-onder gegaan. De stroom vervolgde onverstoorbaar zijn richting, iets lichter nu, leek het wel, ontdaan van een gewicht rolde de golf net iets gemakkelijker voort dan eerst.

23

Het was weer zaterdag. Om me heen stonden lege auto's. Vanachter het glas keek ik naar de glimmende ruiten in de zon. Ik luisterde naar de ratelende karretjes. Ik nam een hap van een snee ontbijtkoek die ik van huis had meegenomen.

In de auto naast me stapte een man in. Toen hij zijn gordel vastklikte, zag hij me zitten. Hij keek mij aan, ik keek hem aan. Ik stak mijn hand op. Hij stak zijn hand ook op, startte de motor en reed achteruit.

Om iets te doen, maakte ik het dashboardkastje open. Een onderhoudsboekje vol stempels van de garage, een dik technisch boekwerk met uitleg over de auto, oude cd's, lege verpakkingen van koekjes. Ik deed het kastje weer dicht.

Ik legde mijn hoofd tegen de leuning en keek naar het plafond. Mijn zusje nam in winkels meestal de tijd. Ik zag haar voor me. Ze liep rustig door de paden van de supermarkt, keek links en rechts, neuriede mee met de muziek die je moest aanzetten tot kopen. Bij de groenteafdeling stopte ze om een recept in een opengeslagen kookboek te lezen, ze pakte een potje uit het schap en legde het in haar winkelwagentje.

Zoals je je in een winkel gedraagt, zo leef je. Als zij in een winkel een cadeau kocht, liet ze het aan de kassa inpakken. Ik liet dat nooit doen. Ik deed het thuis zelf met papier uit mijn lade vol eerder gebruikt pakpapier. Ruimte en tijd innemen, zo noemde ze dat. Nieuw pakpapier gebruiken was ruimte innemen. Als mens moest je ruimte innemen, anders deed iemand anders het in jouw plaats en er was maar beperkte ruimte in het sociale domein.

Ze kwam door de schuifdeuren naar buiten. Het winkelwagentje duwde ze over de stenen. Haar wangen leken ervan te trillen. Ze opende de achterklep en laadde alles in. Ze vroeg niet of ik wilde helpen en ik bood het niet aan. Ik bleef zitten en keek door het raam naar buiten.

Met een omweg reden we naar huis. We hebben nog even aan de rivier gestaan. Op de oever zaten mannen te vissen tussen de populieren.

24

's Middags ging mijn zusje weer naar huis. Het was twee uur. Ik zette de televisie aan en ging er in kleermakerszit voor zitten. Ik zapte langs de kanalen. Op het scherm zag ik het gezicht van Hanna. Wist ik dat haar programma herhaald werd of kwam ik het toevallig tegen? Ik kon het niet met zekerheid zeggen.

Ze zat in de huiskamer van een schrijver ergens in Nederland of Vlaanderen. Je zag alleen haar gezicht en schouders. Ze droeg kleine subtiele oorbellen en ze had haar krullende haren opgestoken. Dat klassieke stond haar goed.

De antwoorden gingen langs me heen, ik keek en luisterde alleen naar Hanna. De momenten waarop zij in beeld was. Haar bruine ogen, haar mond en haar blouse. Ze had een prachtig televisiegezicht, maar in het echt was ze mooier. Minder vlak uitgelicht. Het pigmentvlekje boven haar rechterwenkbrauw, je zag het nu niet.

Er volgden nog twee interviews, met een man en een vrouw. Ook tijdens deze gesprekken keek ik vooral naar haar. Hier in deze kamer had ik Hanna een uur meegemaakt. Ik had haar hand op mijn knie gevoeld.

Het programma was afgelopen en ik zette de televisie uit. Legde ze na afloop haar hand ook op de knie van deze schrijvers? Ik liet me achterover op de vloer vallen en peinsde over deze vraag. Bij geen van de drie had ik iets teruggezien van wat er tijdens ons gesprek was ontstaan. Of kan een camera niet alles vastleggen wat er in een kamer gebeurt? Het bestaat alleen tussen twee mensen, op dat moment, op die plek, in een ruimte binnen een ruimte.

Ik ging weer zitten en in het zwarte beeldscherm zag ik mijn silhouet gereflecteerd. Nee, ze had haar hand alleen op mijn knie gelegd. Dat wist ik zeker.

Ik dacht terug aan het moment waarop Hanna en ik stonden na te praten terwijl de twee mannen opruimden. Ze vertelde over *Carol*, haar lievelingsroman. 'Je moet het echt lezen,' had ze tegen me gezegd.

Ik stond op en liep naar mijn boekenkast. Soms kocht ik stapeltjes tweedehands romans en vergat ze later weer, waardoor ik nooit wist wat ik precies in huis had. Ik speurde de planken af. Mijn boeken waren niet geordend op alfabet of taal. Ze stonden en lagen maar wat door elkaar.

Ja, daar stond *Carol*, op de onderste plank. Ik pakte het eruit. Op de voorkant een tekening van twee verstrengelde vrouwen.

Ik ging op de bank zitten, sloeg het boek open en begon te lezen. Het was het eerste verhaal dat ik las sinds Arne was overleden. In het begin had ik moeite me te concentreren. Over de vijftien bladzijden van het openingshoofdstuk deed ik een uur. Ik moest steeds opnieuw beginnen.

Ik las de rest van de dag, de eerste uren van de nacht en de volgende ochtend ging ik verder. Na twee dagen had ik het uit.

Het boek speelt in de jaren vijftig in New York. De negentienjarige Therese werkt als verkoopster op de speelgoedafdeling van een warenhuis, een bijbaantje omdat ze niet kan rondkomen als decorontwerpster. Ze heeft een vriendje van wie ze niet houdt. Op een dag ontmoet ze in het warenhuis de rijke, elegante en getrouwde Carol die cadeaus komt kopen voor haar dochtertje. Therese is meteen in de ban van de vrouw. Het blijkt wederzijds te zijn, maar Carol is in een zware echtscheiding met haar man verwikkeld. Wat volgt is een voor die tijd onconventionele liefdesrelatie. Soms lijken de twee vrouwen verliefd op elkaar, op andere bladzijden doen ze meer denken aan verloren zielen die steun bij elkaar vinden in een verwarrende periode. Mij viel vooral op hoe Therese zichzelf verliest in Carol. Een intense eerste liefde.

'Het is een schitterend verhaal,' had Hanna gezegd. 'En het loopt eens een keer goed af. Het meisje en de vrouw eindigen samen.'

Waarom stond ze er eigenlijk op dat ik het las? Wilde ze me er iets mee vertellen? De man van Carol delft het onderspit, ze gaan scheiden. Therese beëindigt de relatie met haar vriendje. De mannen verdwijnen uit het verhaal.

Had ze daarom op mijn voicemail gestaan? Om contact te zoeken nu het bij ons ook zover was?

25

Die nacht kon ik niet in slaap komen. Ik draaide op mijn rug, mijn buik, weer op mijn rug. Het was half vier en ik had nog geen minuut geslapen. Met mijn armen langs mijn lichaam lag ik in het donker te staren. Ik zag het weer voor me. Hoe ik langs de rij stilstaande auto's liep. Steeds sneller, alsof ik ergens naartoe werd gezogen. Ik kwam aan bij de omstanders. De beschadigde fiets, de bloedvlek, het busje. Maar nu was het busje niet groen. Het was wit. Op de zijkant stond het logo van de omroep. De bestuurder was geen man. Het was een vrouw. Ik zag haar naast de politieauto ondervraagd worden door de agent. Ze droeg een zwarte rok en een okergele panty. Het bovenste knoopje van haar lichte blouse was los.

Was ik aan het nadenken of aan het dromen? Ik had het raam opengezet, daarna had zij hem aangereden. Ik was de aanstichter, zij had het afgemaakt. We hadden het samen gedaan.

26

De zomer was aangebroken. Ik zag het op een ochtend toen ik het gordijn openschoof. Buiten scheen de zon verblindend wit, als een overbelichte foto, maar ik hoestte al dagen alsof het herfst was.

Ik hield niet van de zomer. Dat seizoen was zo tevreden met zichzelf. Ik hield meer van de lente en de herfst. Seizoenen die in beweging waren, onderweg naar iets anders.

Laura belde op. Ze liet haar viool een dag rusten en ging met vrienden zwemmen in de rivier. Of ik mee wilde. Eerst had ik niet zo'n zin, maar toen ze zei naar welk stuk ze gingen, besloot ik mee te gaan.

Ik fietste naar Laura's huis. Op een gegeven moment passeerde ik naast een bruggetje een reclamezuil. Ik stopte, draaide om en fietste terug. Ik keek opnieuw naar de reclamezuil. Een foto van mezelf en de voorkant van mijn boek. Ik was het. En toch was ik het niet. Het was de vrouw die ik een half jaar geleden was.

In een groepje fietsten we naar het water. Op het gras legden we onze fietsen neer. Handdoeken, bikini's, stokbrood. Waarom ook niet. Er was een houten steiger waar de anderen vanaf doken. Ze gingen op de rand zitten en doken er even later weer vanaf. Ik bleef aan de kant op het gras, ik had geen zwemspullen meegenomen. Dat werd toegelaten. Ik was een nabestaande. Ziektewinst, heette dat in medisch jargon. Was rouw eigenlijk wel een ziekte? Het enige symptoom dat ik had was hoofdpijn.

In de verte reed een trein over de spoorbrug. Hoog in de lucht zweefden witte wolkjes. Ik wist niet hoe je die noemde. Cumulus en nog iets. Arne zou het hebben geweten.

De stemmen van Laura en haar vrienden klonken over het water. Ik liep een stukje langs de kant, van hen vandaan. Ik hoorde hen steeds minder. Hier ergens moest het zijn. Een besloten strandje tussen het riet. We hadden hier op twee handdoeken gelegen. Bijna een jaar geleden. De zomer was heel warm geweest en om ons appartement te ontvluchten hadden we koele plekken opgezocht. Naar deze plek waren we maar één keer gegaan, aan het eind van de zomer. Eerst hadden we gezwommen, daarna hadden we ons op de handdoeken laten opdrogen.

Ik wist nog hoe ik mijn boek weglegde en me naar hem toe draaide. Zijn smalle schouders in het zonlicht, zijn witte bovenbenen. Hij had iets kwetsbaars over zich, maar dat verdween toen ik zijn warme huid tegen mijn huid voelde. Zijn hand onder mijn bikinibandje. De zwelling in zijn zwembroek tegen mijn been. Hoe zijn lippen van mijn mond naar mijn nek gleden. Mijn achterhoofd in het zand en mijn klauwende hand op zijn rug.

Ik keek naar de plek. Van de grond pakte ik een geknakte rietstengel en stak hem rechtop in het zand. Een gedenkteken. Hier was Arne ook.

Ik liep weer terug. Laura en de anderen waren inmiddels uit het water gekomen en droogden zich af op het gras. Het water was nog best koud, rilden ze.

27

Met de gum in de hand stond ik voor mijn boekenkast. Ik zocht mijn voorleesexemplaar van *Jaarringen*. Het lag boven op een rij staande boeken, op de vierde plank van onder. Daar moest ik het na het interview hebben neergelegd. Ik zal het hebben gedaan zonder na te denken, een zijdelingse handeling terwijl ik met Hanna doorpraatte, terwijl de twee mannen de meubels op hun plek terugzetten en terwijl Arne lesgaf in zijn klaslokaal. Feitelijk was er toen nog niets aan de hand.

Vlak voordat ik het raam had opengezet, zat Hanna op de vensterbank met de lentezon in haar rug. Enkele lokken dansten om haar hoofd. Ik weet nog hoe aantrekkelijk ik haar op dat moment had gevonden. Nieuw, dichtbij, anders.

Ik pakte *Jaarringen* uit de kast. Op de voorkant stond geen foto, er was gekozen voor een getekende afbeelding. Alleen de titel en mijn naam in cirkels. Dat getekende en ambachtelijke was in de mode, had de vormgever gezegd. Ik vond het een geslaagde omslag, ondanks dat het in de mode was.

Ik merkte dat ik een beetje bang was voor dit exemplaar. Na het interview had ik het niet meer aangeraakt. Net zomin als ik de kleren van die dag nog had gedragen. De wijde lichtgroene broek waar zij haar hand op had gelegd, de donkergroene blouse waar het microfoontje aan was bevestigd, de enkellaarsjes waarin ik de stad had doorkruist.

Zonder het helemaal open te vouwen en de rug te breken, bladerde ik het boek door. Her en der doken met potlood onderstreepte passages op. Ik ging op de bank zitten en legde het boek op mijn bovenbenen. Ik begon met het fragment dat ik op camera had voorgelezen. De potloodstrepen gumde ik stuk voor stuk uit. Ik kon het hierbij laten, maar de rest van het boek deed ik ook. Telkens wanneer ik klaar was met een bladzijde, veegde ik met mijn hand het gumsel weg.

Ik legde het boek terug in de kast, op dezelfde plek, alsof ik het niet had aangeraakt. Op de vierde plank van onder, boven op de staande boeken. Ik voelde me nu iets beter. Kalmer en schoner. Alsof ik sporen had uitgewist.

28

Wat zou zij van het gekleurde douchegordijn vinden? Ik betrapte mezelf op deze gedachte terwijl ik me afspoelde. Zou ze net als Arne voor het witte hebben gekozen? Misschien was het haar om het even en ging ze er niet over in discussie. Misschien had ze zelf een douche met een glazen wand.

Ik zag haar huid voor me, waar de druppels over naar beneden gleden. Over haar schouders en over haar buik. Hoe ik de druppels van haar huid zou likken. Achter het dichtgetrokken douchegordijn.

29

Er was geen volledige schaduwplek meer vrij, alleen de neus van de auto stond uit de zon. Het was warm achter de voorruit. De net geparkeerde auto's om me heen voegden nog meer warmte toe. Ik duwde de zonneklep naar beneden en draaide het raampje open.

Nadat ik de laatste hap van de krentenbol had genomen, keek ik naar buiten. De blauwe lucht boven de supermarkt. De slap hangende vlaggen. Ik nam een slokje water uit het flesje dat ik van huis had meegenomen. Het water was lauw geworden. De warmte in de auto werkte versuffend. Mijn ogen vielen dicht.

Toen ik wakker werd gloeiden mijn oren. Er hing nu één wolkje boven de supermarkt. De schuifdeuren gingen open en drie mensen met winkelwagentjes kwamen naar buiten. Achter hen liep een vrouw. Ze droeg een geruite blouse, een spijkerbroek met omgeslagen pijpen en sandalen. Het bovenste knoopje van haar blouse was los. In haar rechterhand droeg ze een linnen tasje. Ze zag er jonger uit dan ik me herinnerde, alsof de zomer haar vrijer en minder gewichtig had gemaakt.

De mensen voor haar liepen in de richting van de auto's. Zij boog zich over een fiets die naast de schuifdeuren tegen de muur geleund stond. Het tasje hing ze aan het stuur. Ze wekte de indruk niet echt boodschappen te hebben gedaan, niet degelijk en grootschalig, met een auto. Ze leek hier toevallig langs te zijn gekomen en naar binnen te zijn geschoten, omdat ze zin had in druiven of chocolade.

Mijn hand lag al op de hendel. Ik maakte het portier open alsof de auto plotseling te water was geraakt en snel volliep. Door de smalle gangetjes tussen de auto's haastte ik me naar haar toe. Mijn elleboog stootte tegen een spiegel en met mijn hand wreef ik over de huid. Intussen liep zij op haar gemak met de fiets aan de hand de zon in, naar de weg toe.

Ik liep nu drie meter achter haar. Als ik een paar passen meer zette, had ik haar ingehaald. Maar iets hield me tegen. Ook durfde ik haar naam niet hardop uit te spreken. Me kenbaar maken zou opnieuw iets in gang kunnen zetten waarvan ik de uitkomst niet overzag. Elke stap kon een misstap zijn.

Ik bleef op afstand en bekeek haar achterhoofd, haar rug en haar benen. Daar liep ze. Zo eenvoudig en alledaags. De vrouw die haar hand op mijn knie had gelegd. De vrouw met wie ik was meegelopen, ons huis uit, de galerij op en de trap af, alsof we al ergens naar op weg waren.

Ze wist van niets. Ze wist niet dat ik achter haar liep en ze wist niet van het raam, de dichtgewaaide deur en de wandeling naar Arne. Het kluwen waar zij onderdeel van uitmaakte, de samenloop van omstandigheden, ontging haar volledig.

Of wist ze heel goed wat ze had gedaan? Wat we samen hadden gedaan? Dat moest toch haast wel? Twee seconden haar hand op mijn knie, terwijl ze wist dat ik met iemand was. Als zij die grens niet had overschreden, had ze me niet in de war gebracht en was alles anders gelopen. Het was ook haar schuld.

Ik merkte dat ik niet meer helder over haar kon denken. Ik bleef stilstaan, terwijl zij doorliep. Wat was zij voor mij? Een vriendin? Een medeplichtige? Ik wilde omkeren en weglopen, toen een auto naast me toeterde. De bestuurder riep 'Hé' naar een andere automobilist. Hanna keek naar rechts, daarna keek ze over haar schouder en zag me. 'Karlijn.' Er was geen denktijd, geen pauze, geen hapering: mijn naam had op haar lippen gelegen. Met beide handen op het fietsstuur, haar lichaam half gedraaid, stond ze stil en keek me aan.

Wat had ze grote ogen. Veel groter dan ik me herinnerde. Misschien kwam het door het witte licht, maar een fractie van een seconde zaten we weer tegenover elkaar in mijn huiskamer, in die ruimte binnen een ruimte, beschenen door de felle lampen en vastgelegd door de camera's.

Ik wist niet wat ik moest zeggen. Ik stak mijn hand op en zei: 'Hanna.'

'Was je... ook in de supermarkt?'

'Ik kom daarvandaan.' Ik wees vaag in de verte, naar de auto's.

Ze keek die kant uit. Peinzend. Of kwam het door de zon? Haar handen lagen nog steeds op het stuur en haar lichaam bevond zich nog steeds in de ongemakkelijke halve draai. Haar zij, onder de blouse, stelde ik me voor als een uitgewrongen handdoek.

'Ik wil je niet ophouden,' zei ik.

'Je houdt me niet op.'

Ik keek naar de straatstenen, toen weer in haar ogen. 'Ik heb je voicemail gehoord.'

'Ja?'

'Ik wilde je terugbellen, maar het is er nog niet van gekomen.'

Ik was dichter bij haar gaan staan of zij was naar mij toe gelopen, dat was me ontgaan. Ze legde haar hand op mijn bovenarm.

'Gecondoleerd. Ik vind het zo erg voor je.'

'Dank je.'

Ze hoefde dat van mij niet te zeggen. Liever niet zelfs. We werden er zo beleefd van.

Ze verwijderde haar hand van mijn arm en dat voelde ik. Ze liet een nieuwe afdruk op mijn lichaam achter. Een tweede. Ik keek haar aan. Verbeeldde ik het me of bloosde ze onder mijn blik?

'Het is hier zo warm,' zei ik. 'Zullen we even uit de zon gaan?'

We liepen naar de gevel. De hoek om, de parkeerplaats af. De zijkant van de supermarkt bestond uit grote ramen die waren geblindeerd door plakplastic in de kleuren wit en kiwigroen. Er stond een vrachtwagen in een soort kuil.

Ze stak haar hand in het linnen tasje dat aan het fietsstuur hing. 'Wil je ook een abrikoos?'

'Lekker.'

Onze vingers raakten elkaar bijna toen ze me de abrikoos gaf. De schil voelde zacht en rijp. Ik nam een hap. Zij ook.

'Ik zie al weken die mooie foto van jou in de stad hangen,' zei ze. 'De advertenties.'

'Ja, maar hier op de parkeerplaats hangen ze niet.'

'Eh, nee. Dat is inderdaad zo.'

Er viel een stilte.

'Het gaat goed met je boek, hè.'

'Ja, dat is heel vreemd.'

'Dat kan ik me voorstellen.'

Ik at de rest van de abrikoos op. De pit stopte ik in mijn broekzak. 'Ik heb jou ook gezien,' zei ik. 'Op televisie.'

'Heb je gekeken?'

'Ja, ik heb gekeken.'

'Onze uitzending?'

‘Nee, een andere.’

‘Heb je de kopie van onze uitzending wel ontvangen?’

‘Ja, maar ik heb hem nog niet gezien.’

‘Ik snap het.’

Ik vroeg me niet af of ze het werkelijk snapte. Ik keek in haar bruine ogen. Ik besefte dat het niet uitmaakte wat ze zei. Welke woorden ze uitkoos, of ze nauwkeurig was, het kwam er niet op aan. Toen ze na het interview was weggereden in het busje, wilde ik dat Arne me zou kussen en mijn been zou aanraken, maar dat was niet gebeurd en ik voelde dat haar betovering nooit was verbroken. Wat ze ook zou zeggen, wat ze ook zou doen, er liep een directe lijn van toen naar nu. Als ze zou voorstellen om nu samen naar mijn badkamer te wandelen en ons uit te kleden, zou ik ermee instemmen.

Maar mijn zusje. Ze kon elk ogenblik terugkomen uit de supermarkt. Ik bleef stilstaan. ‘Sorry, maar ik moet weer terug. Dank je voor de abrikoos.’

Ze bleef ook stilstaan. ‘O. Oké.’

‘Ik bel je,’ zei ik. ‘Goed?’

‘Ja, dat is goed.’

Ik liep weg. Toen ik over mijn schouder keek, zag ik dat ze me nakeek. Ik sloeg de hoek om, de parkeerplaats op. Daar was mijn zusje. Ze duwde een leeg winkelwagentje naar het verzamelpunt. De boodschappen stonden al in de auto.

30

De volgende middag kwamen mijn ouders op bezoek. Ze hadden de hond meegenomen. Kwispelend rende ze het halletje in. Ik ging door mijn knieën en omhelsde haar. Ze likte mijn gezicht, mijn oren en handen. Daarna rende ze door naar mijn zusje.

'Zeg je het elke dag tegen jezelf?' vroeg mijn moeder toen de rest al in de kamer was. Ze legde haar hand op mijn rug.

Ik knikte.

'Blijven doen, hè?'

'Hm hm.'

Met z'n vieren lieten we de hond uit in het park. Mijn ouders hadden een kleed, eten en speelkaarten bij zich. We hebben gepicknickt en potjes gepest terwijl de hond naast ons lag te slapen. Een briesje liet de boomkruinen zachtjes wiegen en het gleed ook langs mijn haren, alsof iemand me even aanraakte. Net als vroeger liet mijn moeder ons winnen. Het was alsof we weer op vakantie waren en op een zomermiddag voor de tent spelletjes deden. Ik voelde me weer dat meisje: ik was veertien en wist nog van niks. Het leven moest nog voor me beginnen. Ik had nog geen vriendje. Morgen, overmorgen, volgende week: ik kon doen wat ik wilde want ik was jong en vrij en alleen.

Aan het einde van de middag reden mijn ouders terug naar huis. Mijn zusje ging ook weg. Zodra ze de voordeur achter zich had dichtgetrokken, pakte ik mijn telefoon. Ik ging bij het raam staan. Mijn duim hing boven het schermpje. Wie belde ik als ik Hanna belde? Wie ik ook belde, ik drukte op het schermpje.

'Met Hanna.'
'Met Karlijn.'
'Karlijn.'
'Hanna.'

31

De ontmoeting met Hanna was bijna bijzaak. Alsof Hanna een idee was dat ook zonder haar aanwezigheid kon. Alsof ik haar niet nodig had om bij Hanna te zijn. Toch heb ik haar ontmoet. We hebben de middag samen doorgebracht.

Om drie uur drukte ik op haar bel. Ik had me mooi gemaakt. Ik droeg een donkerblauwe rok, hoog opgetrokken tot over mijn navel. Daarboven een Bretons streepjesshirt dat erin was gestopt. Een ketting met een half maantje. Ik voelde geen hoofdpijn. Thuis had ik twee tabletten paracetamol ingenomen. Door de intercom zei haar vervormde stem: 'Je hoeft niet naar boven te komen, ik kom wel naar beneden.' Voetstappen op de trap. De deur zwaaide open. Ik keek in haar ogen. Ze droeg een oranje T-shirt met een wijde hals en een grijze broek van dun katoen. Ze legde haar hand op mijn bovenarm en kuste me op mijn wang. Het voelde goed, haar nabijheid. Haar adem tegen mijn huid, haar warme mond vlak bij mijn mond. 'Het is een mooie dag,' zei ze. 'Kom, we gaan naar buiten.'

We maakten een wandeling door het park bij haar huis. Het was een ander type park dan bij mij in de buurt. Met monumentale eiken en grindpaadjes die langs een natuurlijke vijver slingerden. Het gras stond hoog rondom een oude kas waarin groente en fruit werd verbouwd voor het naastgelegen restaurant. We aten een ijsje. We zaten op verschillende bankjes en muurtjes. De middag verstreek ongemerkt. Uiteindelijk stonden we weer voor haar deur.

Voor haar was dit niet de eerste keer, wist ik nu. Ze

had al andere contacten en relaties met vrouwen achter de rug. Het moest haar niet zo hebben overvallen als mij.

Die middag was ze net zo sprankelend en spraakzaam als op de dag van ons interview, alsof er in de tussentijd niets was veranderd. Dat kwetste me. Ik peilde haar gezicht terwijl ze over zichzelf vertelde, over haar leven, de dingen waar ze mee bezig was. Ik besefte dat het niet uitmaakte wat ze zei. Het ging om wat ze verzweeg. Wat we samen verzwegen.

Aan praten had zij duidelijk meer behoefte dan ik. Ze wilde dat ik haar beter leerde kennen. Alsof ze na het interview iets had in te halen en naar meer evenwicht tussen ons twee zocht. Ik wilde iets anders dan praten, maar ik wist niet wat. Daarom luisterde ik naar haar en likte aan mijn ijsje.

Volgende week, vertelde ze, ging ze naar New York om drie schrijvers te interviewen voor het programma. Ze had er zin in, maar ze was ook zenuwachtig. Met de nieuwe cameraman kon ze het niet goed vinden. Hij deed haar denken aan een vroeger buurjongetje. Op haar zevende had hij haar van de fiets geduwd op het veldje achter haar huis. Ze was in het gras gevallen, maar toch.

Drie keer tussendoor vroeg ze: 'Is dit raar? Dit, wij, hier?'

'Nee,' zei ik, 'het is niet raar.'

Maar ik vond het wel lastig. Arne liep met ons mee. Door het park en door de straten tot aan haar voordeur. Arne en Hanna verschilden zo van elkaar. Hij keek me afkeurend aan, ik zag het hem doen. 'Ze is veel te glad,' hoorde ik hem zeggen. 'Wat moet je met haar?' Met elk verschil verdween hij meer, maar hij werd er ook juist aanweziger van. Ik wist niet goed wat ik moest doen.

Ze pakte de sleutel uit haar zak en maakte de deur open. 'Wil je mee naar boven?'

Ik dacht even na. 'Liever de volgende keer.'

'Wanneer is dat?'

'Snel.'

'Oké.'

Ze ging naar binnen en voordat ze de deur sloot, keek ze door de kier naar me. Ik glimlachte. Ze glimlachte terug.

32

In mijn mailbox zaten twee aanvragen.

De eerste ging over een boekwinkeltournee van drie schrijvers naar acht Nederlandse steden. Op de agenda stonden Den Bosch, Arnhem, Den Haag, Enschede, Groningen, Middelburg, Roermond en Rotterdam. In elke stad werd de beste boekhandel geselecteerd voor een ontmoeting met een literatuurminnend publiek. Acht steden, acht interviews.

Het tweede bericht kwam uit Leeuwarden. Een interview naar aanleiding van *Jaarringen* op een literair festival. Het gesprek zou plaatsvinden in een 'intieme setting'.

Ik las het door terwijl ik al wist dat ik zulke publieke avonden nu niet kon opbrengen. Een intieme setting leidt tot intieme vragen. De mens achter het boek mocht niet onbesproken blijven. Ik zou er zitten als een vrouw die haar vriend heeft verloren. Misschien zou ik aangestaard worden met de vraag: is het aan haar af te zien? Is het lijden in de lijntjes in haar gezicht en in haar ogen gaan zitten? Als dat zo was, hoefde ik dat niet in hun blikken bevestigd te zien.

Mijn uitgever zou willen dat ik hieraan meedeed. Schrijvers die het land in gaan, verkopen meer boeken. Ik had het gevoel dat ik tekortschoot en mensen teleurstelde, maar ik kon het nu niet. Misschien later.

Zonder te antwoorden klikte ik de berichten weg.

33

Arnes moeder belde. De steen was klaar en zou op het graf geplaatst worden.

Ik realiseerde me toen pas dat ik na de begrafenis zijn graf niet meer had bezocht. Het was niet in me opgekomen om daarheen te gaan. Ik schrok ervan, alsof ik iets slechts had gedaan of iets goeds had nagelaten. Maar ik had daar niets te zoeken. Het was mijn plek niet.

Arnes plek was het ook niet. Ik vond het helemaal niet bij hem passen, dood zijn. Onder de grond liggen, tussen andere lichamen, op een rij. Ik vond een steen niet bij hem passen. Een urn evenmin. Niets paste bij Arne, behalve met mij ontbijten en zich naar zijn schoollokaal haasten en op de fiets naar mij terugkomen en met zijn korte haren in de wind voor mijn voeten slippend tot stilstand komen en 'Hé wijfie' roepen en me omhelzen en zijn handen op mijn billen leggen.

Laura vertelde me jaren geleden eens dat de dood in onze maatschappij wordt weggestopt. Begraafplaatsen liggen aan de rand van dorpen en steden, achter bomen en muren. Nederlanders willen er niets van weten, zei ze. In andere landen, zoals Italië, krijgt de dood wel een centrale plek in de gemeenschap. Ze verbleef een zomer bij het Comomeer en na een dag aan het water keerde ze terug naar het hotel. Ze liep in het dorp langs een begraafplaats waar een groepje mensen stond te borrelen tussen de graven. Ze zetten nieuwe bloemen neer en onderhielden de tuintjes. Wijnglazen met sigarettenpeuken erin stonden op de grafstenen. Ze sprenkelden hun wijn over het gras zodat de overledenen ook mee konden borrelen. De dood is daar minder een taboe en daarom zijn mensen er minder bang voor. Onze omgang met de dood, concludeerde ze, is krampachtig.

Destijds was ik het hartstochtelijk en vrijblijvend met haar eens. Toch was ik uit de buurt van de begraafplaats gebleven. Ik ging nu alleen maar met Arnes ouders mee om hen te steunen. Ik besefte hoe gering het was wat ik gaf, vergeleken met wat ik ze had afgenomen.

De steen was rechthoekig en sober. De naam en de twee jaartallen met een streepje ertussen gaven pragmatisch aan wie hier lag. Ik keek er wel naar, maar niet echt. Ik durfde hem niet in de ogen te kijken.

Ook nadat de steen was geplaatst, bezocht ik Arne niet. Hij was daar niet. Hij was in de stad en zat op zijn fiets en hij kwam me tegemoet.

34

Het gebeurde op de dag van mijn eerste televisie-interview.

Deze zin zei ik soms tegen mezelf. Wanneer ik 's avonds met een kloppend hart in bed lag of in de keuken stond en eigenlijk zou moeten gaan koken. Op de een of andere manier gaf het me houvast om deze woorden uit te spreken. Alsof ik die dag ermee objectiveerde. Onschadelijk maakte. Maar het hield me ook ergens in tegen. Ik herkauwde iets zonder het te verteren. Want waar verwees dat gewichtige en tegelijk terloopse woord 'het' in die zin eigenlijk naar? Verwees 'het' naar Arnes overlijden? Of naar mijn ontmoeting met Hanna? Naar beide?

Met dat woordje 'het' hield ik het vaag. Een laf woord. Ik durfde niet te kiezen tussen hem of haar.

'Het' verwees naar Arne. Natuurlijk verwees het naar Arne. Zo dacht ik er in het begin over. Later begon de twijfel. Pas later durfde ik te twijfelen.

35

We spraken een tweede keer af. Ik belde bij Hanna aan. Toen ze opendeed, zagen we dat we allebei een zwarte broek aanhadden met iets wits erboven. Zij een shirtje, ik een blouse met korte mouwen. We moesten lachen en ze zei: 'Mooi stofje. Ik heb maar een simpel shirtje aan.' Ze gaf me een kus op mijn wang. 'We kunnen weer een stukje wandelen,' stelde ze voor, alsof ze aanvoelde dat meteen naar boven gaan een stap te ver voor mij was.

'Ja, laten we dat doen.'

Ze trok de deur achter zich dicht en naast elkaar liepen we over de stoep.

'Hoe gaat het met je?' vroeg ik.

'Goed,' zei ze. 'En met jou?'

'Ja, ook wel goed.'

'Ik heb de afgelopen dagen veel aan je gedacht.'

'Ik ook aan jou.' Ik keek haar een moment aan en ze keek terug.

Terwijl onze woorden nog in de lucht hingen, vroeg ze wat ik de afgelopen dagen had gedaan. Ik dacht aan de plaatsing van de steen, maar ik wilde het luchtig houden en vertelde over de aanvragen voor de boekwinkeltournee en de lezing. Ze begreep wel dat ik er niet op was ingegaan.

We sloegen de hoek om. De stoep strekte zich leeg voor ons uit.

'Waar denk je aan als je aan me denkt?' vroeg ik terwijl ik haar weer aankeek.

Ze richtte haar blik op de tegels voor haar voeten en zei: 'Dan denk ik aan het interview. Het gesprek dat we voerden over je boek terwijl we tegenover elkaar zaten.

Ik ben helemaal verliefd geworden op je boek.'

Op het boek of op mij? wilde ik vragen, maar ik deed het niet.

We sloegen de hoek om en we liepen een stukje in de zon. Ik zei: 'Als ik aan die ochtend terugdenk, dan zie ik voor me hoe je na het interview op de vensterbank zat, met de zon in je rug. Dat was een mooi beeld.'

'Ja, dat herinner ik me ook nog.'

In de schaduw van de gevels wandelden we naar het park toe. Na een tijd gelopen te hebben gingen we even zitten aan de rand van de vijver, stroopten onze broekspijpen op en lieten onze voeten afkoelen in het water. We gingen achterover in het gras liggen. Ik vond het fijn om zo naast elkaar te liggen. Ik legde mijn arm over mijn ogen, tegen de zon. Toen ik onder mijn arm door opzijkeek, zag ik dat Hanna haar ogen dicht had. Ik sloot mijn ogen ook.

Nadat we onze voeten hadden laten opdrogen, liepen we terug naar haar huis. Ze opende de deur en zei: 'Wil je even boven komen?' Ik knikte en liep achter haar aan de trap op. Ze moest straks naar een werketentje waar ze niet onderuit kon, vertelde ze terwijl ik mijn ogen van haar billen probeerde af te wenden, maar ze had nog wel een half uur. Ze opende de deur van haar appartement. Het eerste wat me opviel: aan de muur van de huiskamer hing een stilleven van een citroen.

Voor een boekenkast stonden opengesneden postdozen met door uitgeverijen toegestuurde boeken. Ondanks de boeken was haar appartement heel anders dan het mijne. Ze had twee banken en ze waren nieuw. Het plafond was hoog. De gordijnen lang. Alles oogde mooi, licht en verzorgd. Ik voelde Arnes oordeel. Onze tweedehands meubels, dat was echt Arne geweest. Daar was hij uitgesproken in en die sterke overtuiging had ik zo aantrekkelijk aan hem gevonden. Maar dit had ook wel wat. Fris en modern. Ik liep naar het raam en keek naar buiten. Ik voelde me plotseling misselijk worden. Mijn maag trok samen.

Hanna kwam naast me staan. Ze gaf me een kus. Ze keek me aan, om erachter te komen of het goed was. Ik deed niets, zonder dat ik echt verstijfde. Ze glimlachte en gaf me een tweede kus. Ze kust me, bedacht ik. Ik ben misselijk en Hanna kust me. Ik voelde haar mond wel en ik voelde hem niet. Ik bleef denken: ik kus met Hanna bij een raam. Ze heeft twee banken. Ze is een vrouw. Ze ruikt naar een zoetig parfum. Geen baardharen. Ze is zo niet-Arne.

Tijdens het kussen opende ik mijn ogen. De hare waren dicht.

Ik wilde het wel en ik wilde het niet. Ik wilde niet langer praten of luisteren, maar dit wilde ik ook nog niet. Ik maakte me van haar los en ging op een bank zitten. Hanna leunde eerst tegen de vensterbank, toen kwam ze naast me zitten.

'Ga ik te snel?'

'Ja.'

'Wil je iets drinken?'

'Nee.'

'Zeg maar wat je wel wil.'

Ik dacht even na. 'Kunnen we gewoon even tegen elkaar aan liggen?'

Op mijn zij, met mijn gezicht naar de rugleuning, ging ik op de bank liggen. Hanna kwam achter me liggen en liet haar arm om mijn middel rusten.

Het enige dat bewoog waren onze buiken. Ik sloot mijn ogen. Zo voelde ik me iets beter.

Na een tijdje vroeg ze op fluistertoon: 'Wat doe je eigenlijk als je vriend overlijdt?'

Ik opende mijn ogen. 'Niets eigenlijk. Je valt iedere nacht uit elkaar en de volgende ochtend blijk je toch weer in elkaar te zitten. Je denkt elk uur aan hem, maar toch vergeet je hem soms. Je denkt over verhuizen, maar je blijft.'

Ze legde haar hand op de mijne. Ik sloot mijn ogen weer. Er verstreken een paar minuten waarin ik alleen onze ademhaling hoorde. Soms het geluid van een auto die door de straat reed.

'Ik weet dat je het moeilijk hebt. Ik zie dat je lijdt. Maar dit is een fase en die zal voorbijgaan. Het zal minder erg worden.'

'Ja?'

'Ja, echt. Ik weet wie er dan weer tevoorschijn zal komen. Op sommige momenten zie ik haar al doorschemeren. De scherpzinnige vrouw die ik heb ontmoet op de dag van het interview. Zij is er nog, al voel je dat zelf misschien niet zo.'

'Maar wat heb je nu aan mij? Ik ben een bleek overblijfsel van wie ik toen was.'

'Zo erg is het niet. Je hebt nog steeds dezelfde kalme oogopslag. In je huist nog steeds je poëtisch talent. Net als toen. Die eerste keer dat ik je zag wilde ik je meteen aanraken.'

'Ja, dat merkte ik.'

'Mijn hand die ik op je knie legde, bedoel je? Vond je dat stom?'

'Ik vond het vooral verwarrend, eerlijk gezegd.'

'Sorry, ja, dat kan ik me voorstellen. Maar ik kon me niet inhouden.'

'Het is je vergeven.'

Na een korte stilte vroeg ze: 'Heb je eigenlijk weleens met een vrouw gevreeën?'

'Nee.'

'Dat vermoedde ik al. Hoe denk je dat het is?'

Ik moest aan de armen van Arne denken, die hij soms als ik stond te koken ineens van achteren onder mijn oksels door schoof. Dan trok hij me stevig tegen zich aan en zei: 'Lekker aan het koken, vrouwtje?' Het was een van onze rolverdeling-grapjes, want meestal kookte hij terwijl ik aan tafel een glas wijn dronk of een sudoku maakte.

'Ik denk dat het zacht is.'

'Zacht, ja, wat een cliché.' Ze lachte en ik voelde haar lichaam licht schudden. Ik lachte niet mee. 'Zacht en teder, denk je zeker?'

'Ja, eigenlijk wel.'

Met haar hand streelde Hanna over mijn buik. Even zeiden we niks. Ik voelde hoe mijn lichaam ontspande en mijn hoofd zwaar in het kussen lag. Ook voelde ik haar borsten nu duidelijk tegen mijn rug aan liggen. Er lag een vrouw achter me.

'Zullen we omdraaien?' zei ik.

'Omdraaien?'

'Ja, ik bedoel dat ik tegen jou aan ga liggen, andersom. Snap je?'

'O ja.' Ze draaide zich om, met haar gezicht naar de kamer. Mijn gezicht rustte in haar nek. Na enige aarzeling legde ik mijn arm om haar middel. Haar haren roken niet naar Arne, toch roken ze lekker. Vergeleken met Arne was Hanna's lichaam zo klein. Met gemak kon ik het tegen me aan drukken. Ik zag de haartjes in haar nek en gaf haar een kus in het kuiltje eronder.

'Val je er niet af?'

'Nee hoor, ik heb nog een paar centimeter over, maak je geen zorgen.'

Ik deed mijn ogen weer dicht. Zo bleven we een tijdje liggen.

'Karlijn?'

'Ja?'

'Ik moet me gaan omkleden.'

'O ja.'

Ik opende mijn ogen. We gingen rechtop zitten. Haar kleren waren gekreukt, alsof we samen hadden geslapen. Ze glimlachte naar me, stond op en liep de woonkamer uit.

Ik wachtte even, toen stond ik ook op. Ik liep naar de gang en bleef in het halfdonker staan. Door de kier van de slaapkamerdeur keek ik naar binnen. Ik zag hoe ze haar broek uittrok. Daarna haar shirtje. In een licht slipje en bijpassende bh stond ze voor de kledingkast. Uit een mandje pakte ze een panty. Ze rolde hem op en zette haar rechtervoet op de rand van een stoel. Ze had volle bovenbenen. Ze boog voorover en schoof de panty eerst over haar tenen en daarna via haar voet naar haar bovenbeen. Daarna wisselde ze. Ze zette haar linkervoet op de stoelrand en schoof de opgerolde panty over haar linkerbeen.

Plotseling keek ze naar rechts en zag mij door de kier. Ik keek haar aan. Zij keek mij aan.

'Kom maar binnen,' zei ze.

Ik duwde de deur iets verder open en stapte haar slaapkamer binnen. Het rook er lekker, naar haar parfum.

Ze haalde twee jurken uit de kast. 'Welke wordt het?' vroeg ze. 'De zwarte of de donkerblauwe?'

Ik ging op het voeteneind van het tweepersoonsbed

zitten. Ze hield eerst de ene jurk en daarna de andere voor haar lichaam.

'De blauwe,' zei ik.

'Goed.' De zwarte hing ze terug. Naast de kast, op de grond, stond een dubbele rij schoenen. Ze pakte er twee paar uit. 'Deze of deze?'

Ik wees naar de lichtbruine met de lage hak. 'Die.'

'Goeie keuze.'

Ze trok de jurk aan, ging naast me zitten en strikte de smalle veters van haar schoenen.

Ze stond weer op en toonde zich aan me.

'Heel mooi,' zei ik.

Ze keek naar de wekker op het nachtkastje. 'Ik moet echt gaan.'

We liepen naar de voordeur.

'Morgenavond,' zei ze. 'Dan kook ik voor je. Goed?'

36

Ik belde mijn uitgever om te zeggen dat ik niet inging op zijn verzoek. Er kwam geen interview. Ik was bang dat ik zou worden neergezet als een nabestaande. Meer treurende weduwe dan schrijver. Ik wilde mezelf niet in een etalage hangen, als een rode jurk, voor andere mensen te koop aangeboden. Geen weduwemythe, geen openbaar trauma. Of nog erger: een symbool van hoop. Hoe ik publiekelijk doorging. Nee, niets van dat alles. Ik koos ervoor te zwijgen. Dan bleven de gevolgen het kleinst en was er het minst veranderd. Ik bleef wie ik was. Karlijn Spichter, schrijver van *Jaarringen*. Je moet zo goed als blanco blijven, onzichtbaar achter je boek. Een paar details over je leven zijn tot daaraan toe, maar de schrijver van wie de vriend jong is overleden? Dat etiket was te definitief, te eenduidig. Het neigde naar dramatiek en zwaarte. Bovendien, het zou niet kloppen. Ik was geen onschuldige nabestaande. Ik zou dat misverstand, die aanname, moeten weerleggen. Ik zou moeten vertellen over het raam en de telefoon van mijn buurvrouw en Hanna, natuurlijk eerst over Hanna, maar haar bekendmaken was onmogelijk en de rest moest ik daarom ook achterwege laten. Dit zei ik allemaal niet tegen mijn uitgever. Ik zei alleen maar dat ik niet inging op zijn verzoek.

'Dat is jammer om te horen,' zei hij, 'maar ik had er inmiddels ook niet meer op gerekend. We hebben andere middelen ingezet. Je boek gaat nog steeds als een trein.'

'Ja?'

'Ja,' zei hij, alsof hij meer enthousiasme had verwacht.

'Ben je onlangs nog in een boekwinkel geweest?'

Ik ging voor het raam staan en voelde of het dicht was. Daarna tikte ik met mijn wijsvinger zachtjes tegen het glas. 'Nee, al een tijdje niet meer. Hoezo?'

'We hebben een kartonnen versie van je laten maken. Je staat nu in winkels door heel Nederland en België.'

'Sorry, een wat?'

'Een kartonnen versie van de portretfoto achter op het boek. Hebben we al een exemplaar naar je op de post gedaan?'

'Niet dat ik weet.'

'Ik zorg dat je er een krijgt.'

Ik zag mijn gezicht gereflecteerd in het glas. Dat was nog een reden om het interview niet te doen. Ik wilde niet vastgelegd worden zoals ik nu was. Op foto of op film. Dit was geen periode die ik wilde onthouden. Dit was ik niet. Dit was iemand anders. Laat de ogen gericht zijn op de kartonnen versie van mezelf. Die was echter dan ik.

'Nog iets,' zei hij. 'Help me even herinneren, hebben we al een contract voor een volgend boek opgesteld? Ja toch?'

'Ja.'

'Als ik zo vrij mag zijn, Karlijn, waar leef je op het moment van?'

Ja, waar leefde ik eigenlijk van? Er schoot een liedje door mijn hoofd met de tekst: '*The reason why I'm functioning is just my bloodline.*' Volgens mij was het van een zanger die later zijn polsen had doorgesneden.

'Ik kan je een voorschot op je royalty's sturen.'

'Ja?'

'Natuurlijk. Dat is geen probleem. Ik zorg dat het

in orde wordt gemaakt, zodat jij rustig door kunt met je volgende boek. Dat is het belangrijkst. Dat je verder schrijft. Ben je op het moment aan het werk?'

'Nee. Ik kan de nauwkeurigheid en concentratie nu niet opbrengen.'

'Dat kan ik me goed voorstellen. Was je al ver?'

'Ongeveer dertig pagina's.'

'Mag ik weten waar het over gaat?'

'Het lijkt alweer zo lang geleden. Even denken. Ik zag in ieder geval twee mensen voor me. Een man en een vrouw. Ze maken een lange wandeling door een grote stad. Ze praten, denken en observeren hun omgeving. De wandeling bestrijkt een uur en in dat uur komen hun twee hele levens voorbij. In gedachten, herinneringen en dialogen.'

'Mooi idee. In al zijn eenvoud. Ingetogen maar tegelijkertijd allesomvattend.'

'Ja, in de lijn van *Open stad* van Teju Cole, *De wandeling* van Robert Walser en *La Superba* van Ilja Leonard Pfeijffer. Ik zag een hoofdpersoon voor me met het lichamelijk gemak van Arne, maar met mijn manier van denken. Een vervlechting van onze twee persoonlijkheden. Maar het lukt me niet om daar nu mee door te gaan.'

'Ja, dat moet welhaast onmogelijk zijn.' Hij zweeg een gepast moment. 'Vertel, heb je nog andere ideeën?'

37

Ze had de tafel gedekt. Twee borden en twee wijnglazen op een lichtgroen tafelkleed. Ze had lasagne gemaakt en een salade. Het raam stond open. Het was een zachte avond.

Wat je doet als je vriend overlijdt? Niets eigenlijk. Je gaat eten met een andere vrouw. Je kust met haar en de volgende avond kookt ze voor je.

Ze droeg een witte blouse. Ik herkende hem. Wit met een suggestie van geel erin. Hoe kon ze die na het interview nog aantrekken?

Ze sneed een stukje lasagne af en legde het op mijn bord. 'Ik wist niet of je vegetariër bent dus ik heb het voor de zekerheid maar zonder vlees gemaakt.' Ze schonk rode wijn in. De salade pakte ik zelf.

Het was een tijdje geleden dat ik zoiets zwaars had gegeten. Het smaakte goed. Dat zei ik haar ook. Maar ik moest steeds naar de blouse kijken. Ik dwong mezelf om me op haar gezicht te concentreren. Haar ogen.

Ze vroeg of ik iets over Arne kon vertellen. Wat voor man hij was geweest. Waar hij van hield.

'Of is dat raar?'

Daar moest ik even over nadenken. Of het raar was. Ik nam een slokje wijn, keek langs haar heen en bedacht wat ik over hem zou kunnen vertellen. Ik kon vertellen dat Arne iets over zich had waardoor je altijd vermoedde dat de bergen, de stille natuur, nooit ver weg waren. Ik kon zeggen dat alles aan zijn uiterlijk licht was. Zijn blonde haren, zijn wenkbrauwen, zijn huid, zijn helderblauwe ogen. Hoe hij vaak zo'n dunne ronde sjaal van merinowol uit de bergsportwinkel droeg. Hoe mooi ik hem die vond staan. Feminien. Hoe hij de hele dag uit één beker kon drinken, thee, sap, koffie, alsof hij aan het kamperen was. Hoe ik niemand kende die zo kon genieten van een gefruit uitje. Laatst droomde ik er nog over. Hoe we samen snoepten van stukjes zachte ui, alleen dat, verder niks, en hoe hij erbij glimlachte. Volgens mij glimlachte ik ook toen ik wakker werd. Hoe hij de klemtoon op woorden vaak verkeerd legde. Hij zei niet vlóérbedekking, maar vloerbedékking. Niet pedáálemmer, maar pedaalémmer. Alsof hij uit een ander land kwam en zich het Nederlands eigen moest maken. Ik zou haar kunnen vertellen dat hij aardrijkskunde gaf op een middelbare school en niet tegen verspilling kon. Dat hij zich douchte met hetzelfde blok zeep als waarmee hij ook zijn haren waste.

Nee, Arne zou het niet willen. Weggegeven worden door zulke intieme details op te sommen. Aan een vrouw voor wie ik iets voelde. Maar wat voelde ik eigenlijk voor haar? Was ik verliefd of was ik iets anders?

Ik merkte dat Arne bij ons aan tafel was komen zitten. Ik had hem zelf opgeroepen. Hij zat naast Hanna en droeg de blauwe sjaal die zijn ogen goed deed uitkomen. Ik keek van hem naar haar. Vergeleken met zijn ogen waren die van Hanna donker en zwaar. Ik had niet zo lang achter elkaar aan hem moeten denken. Hij kwam tussen Hanna en mij in te staan. Of stond hij allang tussen ons in en was het naïef om te denken dat we zomaar verder konden gaan waar we gistermiddag waren opgehouden?

'Sorry,' zei ik. 'Ik vind het te lastig.'

'Ik snap het. Je hoeft niet over hem te vertellen als je dat niet wil.'

Ze gaf wel erg gemakkelijk op. Had ze wel echt iets over hem willen weten?

We aten verder. Ik prikte met mijn vork in de salade en nam een slokje wijn. Een gesprek over iets anders kwam langzaam op gang. Ze maakte een grapje en ik lachte. Ik concentreerde me op haar gezicht. Ze schonk onze glazen bij. Arne verdween weer naar de achtergrond. Hanna zette rustige muziek aan.

Na de tiramisu, 'niet zelfgemaakt hoor', vroeg ik waar de wc was. Die bleek in de badkamer te zijn. Toen ik het licht aandeed begon een ventilator in het plafond zachtjes te zoemen. Ik sloot de deur af. Een nieuwe hoofdpijn was opgekomen. Uit mijn zak haalde ik twee tabletten paracetamol en slikte ze door met water uit de kraan. Ik ging op de wc-bril zitten maar ik hoefde niet.

Ik keek opzij. De douche van Hanna had een muurtje.

Ik stond op en keek in het kastje boven de wasbak. Ik draaide een potje crème open, rook eraan en draaide het weer dicht. Er lag make-up, rouge, een kam. Een roze scheermesje. Wat je doet als je vriend overlijdt? Je scheert thuis je benen en je werkt je schaamhaar bij. Je vraagt je af of zij haar benen ook zal scheren. Of ze net zo glad waren als de mijne. Of ze er ook klaar voor wilde zijn.

Ik bekeek mezelf in de spiegel. Ik droeg een jurkje en sandalen. Luchtig. Zomers. Makkelijk uit te trekken. Arne wist het tenminste altijd gemakkelijk uit te trekken.

Ik keek om de hoek van het muurtje. Op de grond stonden verschillende flacons shampoo en douchegel. Misschien was het de wijn, misschien ook niet, maar ik probeerde me voor te stellen wat er zou gebeuren als ik de douche aanzette, de deur opende en me begon uit te kleden. Zou Hanna op het geluid van kletterend water afkomen, zich ook uitkleden en het licht uitdoen, waardoor het donkerder werd en stiller? Niemand kon ons hier zien of horen. Alleen maar het geluid van het water. Wij twee, buik tegen buik, mijn gezicht in haar nek, haar natte slierten haar op mijn schouder.

Ik maakte de deur open en trok mijn jurkje uit. Op blote voeten zette ik de douche aan en bleef op de droge tegels staan, net buiten de waterstraal. Ik hoorde Hanna deze kant op komen. Ze stond in de deuropening. Eerst gleed haar blik over mijn lichaam, toen draaide ze de kraan dicht. 'Niet onder de douche,' zei ze. 'Laten we gaan liggen.' Ze pakte mijn hand vast en nam me mee naar de slaapkamer. De gordijnen waren halfgesloten. Ze kleedde zich ook uit. Haar kleren liet ze op een hoopje op de vloer achter, met bovenop haar onderbroek. Het voelde beter nu Hanna die blouse had uitgetrokken. Alsof we niet alleen een volgende stap zetten, maar ook een beetje opnieuw begonnen. Ik ging op mijn rug op de dekens liggen. Ze voelden koel en zacht. Ik hoopte dat Arne zou wegblijven. Ik hoopte echt dat me dat zou lukken.

Ze kwam naast me liggen, ook op haar rug. Het licht uit de gang scheen op onze lichamen. Ik keek naar haar bovenbenen. Ze had haar schaamhaar ook teruggebracht tot een smalle baan.

Ik bewoog me niet. Alleen met mijn vingertoppen streelde ik haar benen. Ze waren net zo glad als de mijne.

Ze draaide zich naar me toe en we begonnen te kussen. Eerst voorzichtig, net als bij het raam. Haar mond was gemakkelijk om te zoenen. Haar lippen waren zacht en ontspannen. Ik hapte naar haar lippen en zij hapte terug. Onze tanden raakten elkaar. Toen pakte ik haar gezicht vast en kuste haar intenser.

Ik wilde mijn been om haar middel slaan, maar opeens voelde dat raar, en in plaats daarvan draaide ik me weer op mijn rug. Een paar seconden staarde ik naar het plafond. Hanna ging met haar billen op mijn benen zitten en boog zich over me heen. Haar borsten hingen boven me. Ze veegde een pluk haar uit mijn gezicht en kuste mijn wang, daarna mijn mond en zei: 'Zacht en teder dus?'

Ik zei niets terug en streelde met twee handen haar borsten. Ik kneep er zacht in. Zo voelde dat dus, andere borsten. Ik kneep harder en streek met mijn vingers langs haar tepels. Hanna deed haar ogen dicht. Ik keek naar haar gezicht en probeerde niet aan Arne te denken.

Ze legde haar hand aan de binnenkant van mijn dij en gleed langzaam omhoog.

'Zal ik?' vroeg ze.

Ik sloot mijn ogen en deed mijn benen wat wijder uit elkaar.

38

De volgende dag vloog Hanna naar New York. Ik was niet bij haar blijven slapen. Ik wilde aan het eind van de avond naar huis. Dat begreep ze. Tegen middernacht stonden we in het halletje bij haar voordeur. 'Wacht even,' zei ze en ze liep naar de keuken. Terwijl ik stond te wachten zag ik naast de kapstok verschillende sleutels aan een haakje hangen. Op een labeltje stond 'reserve voordeur'. Het gebeurde voordat ik er erg in had. Ik schoof de sleutel van het haakje en stak hem in mijn zak. Ze kwam terug met een plastic bakje.

'Het restje tiramisu. Anders bederft het toch maar.'

Ik nam het bakje aan en zei: 'Ik zal je missen.'

'Ik jou ook.'

We kusten elkaar lang en daarna kusten we nog een keer kort.

'Tot over drie dagen.'

39

De postbode stond voor de deur met een pakketje. De doos was plat en langwerpig. In de huiskamer scheurde ik hem open. Het was de kartonnen versie van mezelf. Maar dan dubbelgevouwen in het midden. Ik klapte haar uit en schoof aan de achterkant een houdertje op z'n plek. Nu bleef ze rechtop staan. Een levensgrote versie van wie ik een half jaar geleden was. Ik zette haar in de hoek, bij het raam. De kartonnen ogen volgden iedere stap die ik in de kamer zette.

Arne zou beslist aan de haal zijn gegaan met dit ding. Hij zou met haar in bed liggen als ik 's avonds thuiskwam. Ze zou achter de voordeur staan zodat ik van haar zou schrikken. Als derde persoon zou ze aan de ontbijttafel zitten, met bestek en al.

Ik had zin om zijn grapjes met iemand te delen, maar met wie? Laura? Mijn ouders? Arnes ouders? Misschien vonden ze het te frivool.

Later besefte ik dat ik niet aan Hanna had gedacht.

In plaats van mijn telefoon te pakken, legde ik mijn kartonnen zelf in ons bed, half onder de dekens. Als ik vanavond thuiskwam, zou ze me aan het schrikken maken. Mijn gil, zijn lach. Zijn lach zou ik er moeiteloos bij horen.

40

Toen ik Arne leerde kennen, woonden we allebei nog in studentenhuizen in verschillende delen van de stad. Als ik bij hem bleef slapen en hij de volgende ochtend vroeg naar college ging, bleef ik soms in zijn kamer zonder dat hij het wist. Hoe prettig vond ik die momenten. Die ochtenden waarin ik alleen was en omringd werd door zijn spullen, zijn geur, zijn leven. Ik deed er niets bijzonders. Ik lag op de bank en luisterde naar de geluiden op de gang. Ik las in een natuurboek of bekeek de fossielen in de vensterbank. Ik had het gevoel dat ik Arne op deze manier beter leerde kennen.

Toen we samenwoonden, bleef ik het prettig vinden om thuis te zijn als hij naar zijn werk was. Die uren waarin ik aan mijn boek schreef voelden behaaglijk en veilig omdat ik er zeker van was dat hij aan het eind van de middag thuiskwam. Het alleen-zijn was niet eindeloos, niet zonder structuur, het waren overzichtelijke blokjes tijd.

Ik miste die dagen waarop hij me alleen liet zijn. Ik miste zijn afwezigheid.

Zou ik dat gevoel terugvinden in Hanna's appartement? Ik vermoedde dat deze vraag door mijn hoofd spookte toen ik de sleutel van het haakje had gepakt en in mijn zak had gestoken. Ik wilde in haar huis zijn als ze er niet was. Iets van dat prettige gevoel kwam al in me naar boven toen ik in de badkamer door haar potjes en make-up snuffelde. Ik wilde ontdekken wat ik voelde als ze echt weg was. Maar ik durfde niet aan haar te vragen of het mocht. Ik kende haar nog niet goed genoeg.

Met de sleutel liet ik mezelf binnen. De straatgeluiden verminderden toen ik de voordeur achter me dichtdeed. Ik liep naar boven en maakte de deur van haar appartement open. Die was op slot gedraaid, toch riep ik voor de zekerheid: 'Hanna?'

Het was stil in het appartement. De stilte die achterblijft als iemand drie dagen in New York is.

Haar geur, de suggestie van haar aanwezigheid, hing in de kamers. Ik kon bij haar zijn waar ze niet bij was. Op deze manier voelde ik me minder bezwaard om bij haar te zijn. Dit was een tussenvorm die voor mij minder problemen opwierp.

Ik trok mijn schoenen uit en op blote voeten liep ik zachtjes over de vloer, zodat de onderburen me niet hoorden. Ik besefte hoe stiekem ik was en daar voelde ik me schuldig over, maar niet zo schuldig dat ik mijn schoenen weer aandeed en vertrok. Ik ging op de bank liggen. De bank waar we samen op hadden gelegen. Ik luisterde naar de geluiden. Gestommel bij de bovenburen, een gillend kind buiten op straat, een voorbijrijdende auto.

Na een tijdje kwam ik overeind en liep naar de koelkast. Uit een plastic bakje met voorgesneden stukjes mango pakte ik een stukje. Arne zou Hanna echt niet hebben gemogen. Met haar voorgesneden stukjes mango in een plastic bakje en haar heen-en-weergevlieg naar New York. Toen ik weer op de bank ging liggen, voelde het alsof ik helemaal niet was opgestaan.

De eerste uren deed ik weinig anders dan stil op de bank liggen, alsof ik er niet was. Tegen de avond kreeg ik honger. Ik at wat uit haar keukenkastjes, kleine beetjes, zodat ze het niet zou merken. Een handje rijst, een ei, wat schijfjes courgette en wortel. Na het koken waste ik de pannen af en zette ze op dezelfde plek terug. Net als het bord, het glas en het bestek.

Ik snuffelde door haar spullen. Ik trok een lade open, bekeek wat er in de schaal op de tafel lag en ging met mijn hand langs de hangers in haar kledingkast. In de wasmand zag ik bovenop een blouse liggen. De witte met de suggestie van geel erin. Ik pakte hem eruit en hield hem voor me. Met alle knoopjes los zag hij er wijder uit. Bij de oksels rook ik een zweetlucht. Het was geen onaangename geur. Ik vouwde hem op en liep naar de woonkamer. Daar keek ik een moment om me heen. Toen deed ik mijn schoenen aan en trok de deur achter me dicht. Onderweg naar huis propte ik de blouse in een vuilnisbak.

41

Laura belde om te vragen of ik zin had om ergens koffie te drinken.

Toen ik gisteravond thuiskwam en de slaapkamerdeur had opengedaan, trof ik mezelf aan in bed. Maar ik had niet gegild en Arnes lach was uitgebleven.

We spraken af bij een koffietentje dat zij voorstelde. Toen ik aan kwam fietsen, zat ze al op het terras. De tafeltjes waren allemaal bezet en ik liep ertussendoor. We begroetten elkaar en ik keek Laura een ogenblik langer aan, om te zien of het aan mijn gezicht was af te lezen waar ik gisteren was geweest.

'Is er iets?' zei ze.

'Eh, nee hoor.'

Ik ging zitten. Ze verschoof haar stoel een beetje, zodat ze niet in de zon keek. 'Hoe gaat het?' vroeg ze.

'Gaat wel.'

De glazen pui van het koffietentje stond open en er klonk akoestische gitaarmuziek. Tegen de muur naast de ingang leunde een krijtbord waarop de drankjes waren geschreven. De serveerster kwam aan ons tafeltje staan. Ik bestelde een cappuccino, Laura ook. Toen de serveerster naar binnen was gelopen, zei ik: 'En hoe gaat het met jou?'

'Ik moet je iets vertellen,' zei ze glimlachend.

'Wat dan?'

'Ik heb iemand ontmoet.'

'Ja?'

'Ik kwam hem tegen in de bus.'

Laura ontmoette haar mannen altijd in de bus, op straat of op het treinperron. Hij heette Lucas en speelde piano, vertelde ze.

'Lucas en Laura dus,' zei ik.

'Ja,' lachte ze. Plotseling betrok haar gezicht. 'Of had ik het niet moeten vertellen? Sorry, was het lomp van me?'

'Nee hoor, het is niet lomp.'

'Echt niet?'

'Echt niet.'

'Ik wilde je het gewoon zo graag vertellen.'

'Dat snap ik. Het is goed, Laura. Vertel maar.'

Ze hadden al samen muziek gemaakt. Ze hadden al met elkaar geslapen. In die volgorde. Hij was fantastisch, zei ze. Op de piano en in bed. Alles klopte. Hoe enthousiaster ze over hem vertelde, des te meer bewogen haar handen door de lucht. Laura had een levendige motoriek: ze was een en al handen en armen. Ze kreeg het warm van haar eigen drukte en trok haar trui uit. De trui hing ze over haar rugleuning.

De koffie werd gebracht. Ik nam een slokje, Laura ook. Ze zei: 'Maar Karlijn, zeg nou eens, hoe gaat het met jou?'

Een duif streek naast mijn voeten neer en pikte naar de restjes croissant die andere mensen onder de tafel hadden achtergelaten. Ik keek in haar wakkere, verliefde ogen. Ik had kunnen vertellen dat ik ook iemand had ontmoet. 'De vrouw die me heeft geïnterviewd. Ze heet Hanna. We hebben al een paar keer afgesproken. Ik vertel het jou als eerste. Ik weet niet waarom ik haar heb verzwegen.' Ik had haar in vertrouwen kunnen nemen. Gelijk oversteken. Ervaringen uitwisselen. Misschien konden we er samen om lachen als ik me naar haar toe boog en met gedempte stem zei: 'Weet je wat ik gisteren voor idioots heb gedaan?' Maar iets hield me tegen. Over wie had ik haar in vertrouwen moeten nemen?

Mijn vriendin, mijn minnares of mijn medeplichtige?

'Ik ben bij mijn ouders op bezoek geweest,' zei ik. 'Ik heb met de hond over de hei gewandeld.'

'En verder?'

'Verder niet zoveel.'

Ze knikte, zoals iedereen de laatste tijd naar me knikte. Ze legde haar hand op mijn arm.

We dronken van onze koffie. We keken naar de duif die op de lege stoel naast ons was gesprongen. Al vertelde ik niets over Hanna, toch vond ik het fijn om Laura weer te zien. Het bracht me even in een andere stemming. Ik betaalde. Dat hoefde niet, zei ze, maar ik deed het toch. Toen we opstonden, zag ik dat haar trui van de rugleuning was gegleden. Ik raapte hem op van de grond en legde hem over haar schouders.

42

Doe het niet, zei ik tegen mezelf. Gewoon niet doen. Maar ik deed het toch. Nu ik het tegen Laura had verzwegen, was het alleen maar makkelijker geworden om nog een keer te gaan. Niemand wist ervan, niets hield me tegen.

Ik ging opnieuw naar het appartement van Hanna. Ik stak de sleutel in het slot. Alsof ik een bijzondere plek betrad, trok ik mijn schoenen uit en liep op mijn sokken. Ik zette een kopje thee en ging op de bank liggen.

Vannacht was ik lang wakker gebleven, maar hier viel ik wel in slaap. Was dat een goed teken? Voelde ik me hier op mijn gemak of was ik gewoon moe? Toen ik even later wakker werd, begreep ik eerst niet waar ik was.

Ik ging naar de wc en zag voor de spiegel een kistje staan. Ik maakte het open. Het was tot de rand gevuld met oorbellen en kettingen. Een voor een pakte ik ze eruit. Het hartje herkende ik. Ik hield de ketting voor me in de lucht. Hij bungelde iets heen en weer. Ik wist zeker dat ze deze had gedragen tijdens het interview. Ik deed het kistje weer dicht.

Met de ketting in mijn hand ging ik naar buiten. Echt wakker was ik nog niet. Ik liep aan de schaduwkant langs de huizengevels. In het park passeerde ik de bankjes en muurtjes waar ik met Hanna had gezeten. Ik keek ernaar alsof het al een vage herinnering was geworden. Even overwoog ik om in haar afwezigheid op die plekken te gaan zitten, maar ik liep toch door. Bij een vuilnisbak opende ik mijn hand en liet de ketting eruit glijden.

In een supermarkt kocht ik een diepvriespizza en keerde terug naar haar appartement. Bij de voordeur kon ik kiezen. Ik kon de sleutel in het slot steken of ik kon op de fiets stappen en naar huis gaan. Maar wat had ik thuis te zoeken?

Ik maakte de deur open, liep de trap op en legde de pizza in de oven. Tijdens het wachten luisterde ik naar de geluiden. Het zoemen van de oven, gestommel bij de bovenburen, een leiding in een muur.

Bij het zien van de dampende pizza moest ik aan Arne denken. Hoe hij zijn kaaspizza's altijd zelf belegde met extra groente. Paprika en courgette meestal.

Tijdens het eten bleven mijn gedachten bij Arne en hoe hij altijd net iets gezonder leefde dan ik. Hij bewoog meer, was vaker buiten en at verstandiger.

Na de afwas vroeg ik me af of ik Hanna's afwezigheid behaaglijk zou noemen. Het voelde anders dan wat ik in Arnes afwezigheid had gevoeld. Minder sterk. Zwak eigenlijk. Moest ik daaruit iets concluderen? Ik wist het niet. Misschien was het nog te vroeg voor een conclusie.

Ik keek naar buiten en zag de overburen thuiskomen. Ik schoof de gordijnen dicht.

In de boekenkast zag ik Hanna's exemplaar van *Carol* staan. Ik pakte het van de plank. Het was een stukgelezen uitgave. Op de voorkant een afbeelding van twee vrouwensilhouetten op de rug gezien. Ik ging op de bank zitten en bladerde het door. Op verschillende pagina's waren zinnen onderstreept. Op bladzijde 75: 'Maar kon ze eigenlijk wel zeggen dat ze op Carol verliefd was? Ze was bij een vraag beland die ze niet kon beantwoorden.' Op bladzijde 90: 'Ze was een ander mens dan de vrouw die hier drie weken geleden had gestaan. Vanmorgen was ze in Carols huis wakker geworden. Carol was net een geheim dat zich door haar verspreidde.' Bijna aan het slot, op bladzijde 252, schrijft Carol in een brief aan Therese: 'Ik zou die ene vrouw kunnen zijn geweest die je gedoemd was te ontmoeten.'

Het boek bevatte talloze overeenkomsten met ons. Als ik de naam Carol zou vervangen door Hanna, gaf het precies weer wat ik voelde. Hanna was een geheim dat zich door mijn lichaam en geest verspreidde. Snel sloeg ik het boek dicht en schoof het van me weg, naar de andere kant van de bank. Maar de onderstreepte zinnen zag ik nog steeds voor me. Ik krabde aan mijn arm. Ik had liever dat de overeenkomsten onzichtbaar bleven. Verborgen voor het oog.

Op de televisie zapte ik langs de kanalen. Een programma over vogels waar Arne graag naar zou hebben gekeken. Ik wisselde van zender.

Hanna stuurde een berichtje vanuit New York. Af en toe ontving ik berichtjes en foto's van haar. 'Wat ben je aan het doen?' schreef ze.

Ik voelde me betrapt. Arne stuurde nooit een sms als ik in zijn studentenkamer was. En ik had het na een tijdje aan hem opgebiecht. Hij had erom kunnen lachen. Ik wist niet of ik dit later zou opbiechten aan Hanna. Zou ze erom kunnen lachen?

Eerst schreef ik terug: 'Ik heb net een pizza gegeten. Wat ben jij aan het doen?' Dat wiste ik en verving het door: 'Ik ben aan het lezen. En jij?' Dat wiste ik ook en schreef: 'Ik heb net buiten gewandeld. Wat ben jij aan het doen?' Ik drukte op versturen. Het was geen leugen maar de waarheid was het ook niet. Ik schreef haar ook nog dat ik haar miste. Een foto van mezelf liet ik achterwege. Dat vond ik een te groot risico.

'Kon ik maar samen met je wandelen. Ik zit nu in

een taxi. Zo meteen interview. *Wish me luck.*'

Ik wenste haar geluk en ze stuurde me nog een 'X'.

Vanuit mijn ooghoek zag ik *Carol* liggen. Met mijn hand reikte ik ernaar en sloeg het open. Het was haar lievelingsroman. Ze was een journalist. Dat waren twee redenen waarom ze de zinnen had onderstreept. Toch had ik het liever niet. Als je die regels achter elkaar las, leek het net een samenvatting van onze relatie.

Ik liep naar het bureau. In een pennenbakje lag een gum, net als bij mij thuis. Ik liep terug naar de bank. Aan de zinnen die een parallel suggereerden, besteedde ik eerst aandacht. Daarna deed ik de rest ook. Het boek telde 287 bladzijden en Hanna had veel onderstreept. Toen ik klaar was, voelde ik me rustiger. Alsof ik me van iets had ontdaan.

In de slaapkamer kleedde ik me uit. Mijn kleren legde ik op de stoel waar Hanna haar voet op had gezet om de panty aan te trekken. Voor de badkamerspiegel deed ik wat tandpasta op mijn wijsvinger en wreef ermee over mijn tanden. Ik spoelde me af onder de douche, met haar zeep zodat er geen vreemde geur in het bed zou achterblijven.

Liggend onder de dekens dacht ik terug aan hoe ik hier elke denkbeeldige druppel van haar lichaam had gelikt. Van die gevoelens werd ik klaarwakker en onrustig. Mijn hand gleed in mijn slipje. Ik beeldde me in dat ik op handen en knieën ging zitten en Hanna me van achter nam, alsof ze Arne was. Ik kreeg het warm en sloeg de deken van me af. Ik trok mijn slipje uit en ging op handen en knieën zitten. Ik legde mijn wang op het kussen en vingerde mezelf. Daarna draaide ik me op mijn rug en hijgde uit. Ik bleef nog lang in het donker liggen staren.

In de uren voor haar thuiskomst maakte ik een ronde door het appartement. Drie dagen is best lang. Hoe wist ik zeker hoe ik de kamers had aangetroffen? Had ik alles weer neergezet zoals het had gestaan? Nauwkeurig bekeek ik de badkamer, de slaapkamer, de woonkamer en de keuken. Nee, zei ik tegen mezelf, er is geen verandering te zien. Als hier iemand is geweest, heeft ze alles goed opgeruimd.

Ik trok de deur achter me dicht en deed hem op slot. De sleutel stopte ik in mijn zak. Ik besefte dat ik me hier in haar afwezigheid niet behaaglijk had gevoeld. Haar exemplaar van *Carol* had me alleen maar meer in de war gebracht. Ik liep de trap af.

43

Mijn zusje zou op zaterdag langskomen. We zouden in de auto naar de parkeerplaats rijden. Vanachter het glas zou ik naar de stille auto's kijken en naar het ratelen van de lege winkelwagentjes luisteren. Het was verleidelijk, toch belde ik af. Ik zei dat het goed was. Ik had afgesproken met een vriendin.

44

Ze had uit New York een souvenir voor me meegebracht, in een katoenen tasje van Strand Bookstore. We zaten op een muurtje in het park vlak bij haar huis. Het zonlicht viel op de zonnebril die ze in haar haren had geschoven en op de kreuken van haar linnen blouse. Ik pakte het cadeau uit. *The Odd Woman and the City: A Memoir* van Vivian Gornick.

'Dat is ook een roman flaneur. Een vrouw wandelt door New York. Ik dacht, als research voor je volgende boek.'

'Dank je wel.' Ik zei haar niet dat ik dat idee al had opgegeven. Ik gaf haar drie kussen op haar mond. Voor elke dag dat ze weg was één.

'Wat heb je de afgelopen dagen gedaan?' zei ze.

'Van alles, en intussen heb ik op je gewacht.'

Ze glimlachte. Ze kuste me. We stonden op en wandelden langs de oude kas vol groente en fruit. De zon stond er pal op, binnen moest het heel warm zijn. De gevel van het restaurant wierp een scherpe schaduwlijn over het gras en het pad. We stapten over de lijn heen en een paar tellen later liepen we het licht weer in. Ze schoof de zonnebril voor haar ogen. Arne hield niet van zonnebrillen. Hij wilde iemand in de ogen kunnen kijken. We passeerden de vuilnisbak waar ik de ketting in had laten glijden. Of was het een andere? We verlieten het park en met een omweg, via windstille straatjes en over warme pleinen, liepen we in de richting van haar appartement. Hanna was nog helemaal vol van New York. Ze vertelde honderduit over de interviews, hoe de huizen van de schrijvers eruitzagen, hun eigenaardigheden, hoe bijvoorbeeld een schrijver op het laatste moment toch niet thuis gefilmd wilde worden waardoor ze moesten uitwijken naar een buurtcentrum, iets met een camera die niet goed werkte (door die nieuwe cameraman) en het Chelsea Hotel waar ze hadden overnacht.

Het katoenen tasje bungelde in mijn rechterhand. Ik probeerde door de brillenglazen heen haar ogen te onderscheiden. Uit niets bleek dat ze iets had gemerkt. Ze had geen verschil gezien toen ze eerder die middag was thuisgekomen. Misschien kwam dat nog. Ontdekte ze vanavond dat er iets niet klopte. Een bord op een vreemde plek, een kussen op de verkeerde bank, de deken die anders rook.

We stonden voor haar huis. Met haar sleutel opende ze de deur. Ik volgde haar het koele trappenhuis in. Ze maakte haar appartement open. Ze verontschuldigde zich en ging even naar de wc. Ze deed de badkamerdeur achter zich dicht. Ik hing de reservesleutel terug aan het haakje. Zo ging het. Zo gemakkelijk. Daarna schopte ik mijn schoenen uit, liep de badkamer in en sloot de deur.

45

Met natte haren van de douche lagen we op de bank. Dezelfde bank waar we de eerste keer op hadden gelegen, maar nu met onze gezichten naar elkaar toe en onze vingers verstrengeld.

Ze keek me aan en vroeg: 'Ben je altijd zo?' Ze stelde de vraag met een glimlach, maar het was een onzekere glimlach.

'Hoe bedoel je?'

'Zo... ik weet niet.'

'Zo... wat?'

'Zo gretig. Intens en afwezig tegelijk.'

'Ik denk het. Dat ik altijd zo ben.'

'Het maakt ook eigenlijk niet uit.'

Ze ging op haar rug liggen. Ik lag op mijn zij en ondersteunde mijn hoofd met mijn hand. 'Ben je weleens met een man naar bed geweest?' zei ik.

'Nee, nog nooit. Ik heb alleen als tiener een beetje met jongens gezoend en een keer heeft een jongen zijn hand in mijn broek gestoken.'

'Dus je bent nog nooit echt... gepenetreerd, zeg maar?'

Ze lachte. 'Wat zeg je dat schattig. Nee, ik heb nog nooit met een man geneukt. Heb ik iets gemist, denk je?'

'Je kent dus niet het gevoel dat iemand helemaal in je is? Zo'n oergevoel dat je je overgeeft, dat je bijna wordt overgenomen door een man?'

Hanna keek naar het plafond. 'Nee, dat gevoel ken ik niet. Het klinkt ook niet erg aantrekkelijk, moet ik zeggen.'

'Het klinkt misschien wat onderdanig, als ik het zo verwoord. Maar toch, ik vind het erg fijn. Ik voel me er vrouwelijk door.'

'Ja?'

'Ja.'

'Voel je je bij mij vrouwelijk?'

'Ja, op een andere manier.'

'Op wat voor een manier? En zeg nou niet op een zachtere manier.'

'Nou, ergens wel. Een man heeft een andere energie over zich. Hij wil iets anders. Jij bent anders.'

'Ben ik zoals je had verwacht?' vroeg ze.

'In bed? Of...?'

'In het algemeen.'

'Ik had geen verwachtingen.'

'Ach, schei uit.'

'Ik wist niet goed wat ik moest verwachten, laat ik het zo zeggen. Ik was vooral nieuwsgierig.'

'Waarnaar?'

'Naar wie je bent. Hoe je leeft. Wat je doet.' Ik liet achterwege dat ik haar op de parkeerplaats eigenlijk niet had willen aanspreken. Als zij zich niet had omgedraaid, omdat die man niet had geclaxonneerd, zou ik weer in de auto zijn gaan zitten.

'En? Is je nieuwsgierigheid al bevredigd?'

'Nee, nog lang niet.' Ik gaf haar een por. 'En ik? Ben ik zoals je had verwacht?'

'Ik weet het niet. Aan de ene kant ben je eerlijk gezegd precies zoals ik had gedacht, maar aan de andere kant...'

'Ja?'

'Aan de andere kant, nou ja... Onze eerste ontmoeting was natuurlijk nog toen...'

'Ja, dat is zo,' zei ik met een zucht. Ik ging ook op mijn rug liggen.

Ze keek opzij en legde haar hand op mijn buik. 'Sorry, ik wilde je niet kwetsen. Ik praat sneller dan ik denk. Ik had het niet zo moeten zeggen. Ik had er niet over moeten beginnen.'

'Nee nee, het maakt niet uit.' Ik keek naar het egaal witte plafond. Geen lijnen van gipsplaten of ornamenten. 'Je hoeft niet elk woord voor mij op een goudschaaltje te leggen. Praat maar gewoon zoals je bent.'

'O, oké.'

Vanuit mijn ooghoek zag ik dat ze me nog steeds aankeek, met haar hand op mijn buik, maar ik bleef naar het plafond kijken.

'Het is toch best ingewikkeld en ongewoon?' zei ze. 'Daar was ik in New York over aan het nadenken. Ik bedoel, Arne is nog niet lang geleden overleden en wij zijn samen. Je hebt jarenlang een relatie met hem gehad. Dromen gedeeld, samengeleefd. Ik vind het soms toch best lastig.'

'Ja?'

'Ja. Jij niet dan?'

'Eh ja, natuurlijk. Ik ook.'

'Voelt het nog steeds goed voor jou? Gaat het niet te snel?'

'Nee, het gaat niet te snel.'

'Echt niet?'

'Nee.'

'Anders moet je het zeggen, hoor.'

'Hm hm.'

Ze geloofde me nog steeds niet. 'Ik vroeg het me plotseling gewoon af, of het wel kan samengaan, rouwen om iemand en tegelijk verliefd zijn.'

Daar was het woord weer. *Verliefd*. Het lag voor de hand om dat woord te gebruiken, maar waarom eigenlijk? Het klonk zo vastomlijnd en duidelijk. Zo simpel en roze. Als iets van vroeger, op de basisschool. Misschien was het verkeerd, klopte het niet met wat ik voelde. Wat was een beter woord? Ik wist het niet.

'Karlijn?'

Ik keek van het plafond naar haar gezicht. 'Ja?'

Ze nam mijn vingers in haar hand. 'Misschien is het nog te vroeg voor een antwoord. We kunnen kijken hoe het gaat. Of het wel gaat. Geef maar aan als het soms niet gaat. Als het vreemd voelt.'

'Dank je. Dat zal ik doen.' Ik kneep zachtjes in haar hand om mijn woorden geloofwaardiger te laten overkomen.

'Je bent niet alleen. We kunnen het samen verkennen.'

'Ja.'

Ze was aardig voor me. Iedereen was aardig voor me. Het zou helpen als de aardigheid van anderen zich aan me wilde hechten.

Ik keek langs haar heen, naar het raam, en vroeg: 'Waar heb je eigenlijk gestudeerd?'

'In Utrecht. Journalistiek. Dat heb ik je toch al weleens verteld?'

'O ja. Dat is zo.'

Maar of we nu doorpraatten over onze studies, de steden waar we hadden gewoond of de landen die we hadden bezocht, Hanna bleef me aankijken met een blik vol medelijden. Volkomen misplaatst. Haar blik suggereerde dat ik onschuldig was. Een slachtoffer van de situatie. Het zette haar en mij op verschillende sporen en vergrootte de afstand tussen ons. Ik besefte ook dat Hanna maar twee manieren van kijken had. Ze keek naar me op deze manier of ze keek vol enthousiasme, als ze over de dingen praatte die haar bezighielden. Medelijden of enthousiasme, er leek weinig tussen te zitten. Deed ze dat op televisie ook? Ik kon het me niet herinneren.

Aan het einde van een zin, toen ze klaar was met vertellen over een reis door Zuid-Amerika en we even stil naast elkaar lagen, zei ik: 'Ik heb trek', en kwam half overeind.

'Er zijn nog stroopwafels. Kijk maar in de keuken.'

'Zal ik voor jou ook wat pakken?' Ik liep naar de keuken en begon de kastjes open te trekken.

46

Wat zou er gebeurd zijn als Arne en ik elkaar die dag wel ontmoet hadden? Als hij niet was aangereden? Ik kon mezelf er niet van weerhouden hierover na te denken als ik alleen was.

Was het de bedoeling geweest dat we ons leven hadden vervolgd en was ik nu met Hanna op een zijspoor beland? Misschien was het tegenovergestelde even waar. Was het juist de bedoeling dat Arne overleed en dat de situatie was zoals die nu was.

Om te beginnen zou hij me een kus hebben gegeven. Hij zou zijn hand op mijn been hebben gelegd, op mijn arm of mijn schouder. Zou hij teweeg hebben gebracht waar ik op hoopte? Zou hij in mij iets ongedaan hebben gemaakt of zou ik merken dat Hanna's aanraking nog steeds was achtergebleven?

Hij zou me zijn sleutel hebben gegeven. Hij zou weer naar zijn werk zijn gefietst en ik zou terug naar huis zijn gewandeld, de deur hebben geopend en eindelijk binnen zijn geweest. Ik zou mijn sleutels hebben zien liggen, mijn telefoon en mijn portemonnee. Ik zou de pijnlijke laarsjes hebben uitgeschopt. Het raam zou ik hebben gesloten, de vier koffiekopjes afgewassen. Misschien was ik vermoeid van het lopen op de bank neergeploft en had ik de blaar op mijn rechterhiel doorgeprikt.

Aan het einde van de middag zou Arne zijn thuisgekomen. Zonder sleutels zou hij hebben aangebeld en ik zou hebben opengedaan. We zouden er vast een grapje van hebben gemaakt.

'Komt u binnen, meneer.'

‘Moet ik vooraf betalen?’

‘Nee hoor. Gaat u maar linksaf de deur door en kleedt u zich maar alvast uit.’

We zouden hebben gekookt, wat hebben gerommeld, misschien iets hebben gelezen of televisie hebben gekeken. Films hadden niet echt zijn interesse. Als hij toch met me meekeek en na twintig minuten zei: ‘Wat een bijzondere documentaire is dit!’, wist ik weer hoe laat het was. Dan stond hij op en ging iets anders doen. Zelden keken we een film samen af. We zouden niet te laat naar bed zijn gegaan en de volgende ochtend als vanzelfsprekend aan een nieuwe dag zijn begonnen, net als de dag ervoor en de dagen erna. Ons leven zou zijn vervolg hebben gekregen.

Een klein onderdeel van dat vervolg zou zijn hoe we een paar dagen later naast elkaar op de bank naar het interview op televisie zouden kijken. Was mijn boek onder die omstandigheden ook een succes geworden? Zou ik na de uitzending nog aan Hanna hebben teruggedacht? Grote kans dat ik haar zou zijn vergeten. Of zou ik die kans niet hebben gekregen omdat ze mijn nummer had en evengoed op een dag een bericht zou hebben achtergelaten? Zou ik hebben gereageerd en zouden we samen iets zijn gaan drinken? Zou ik maanden later op het punt hebben gestaan een keuze te maken tussen hem of haar?

47

Ik belde Hanna. We hadden afgesproken om bij haar te gaan eten. 'Moet ik nog iets meebrengen of heb je alles al in huis?' Ik trok de koelkast open en bekeek wat er op de plankjes lag.

'Nee, dat is niet nodig. Ik heb alles al. We eten trouwens pastasalade, oké?'

'Prima.'

'De mediterraanse keuken. Ik las onlangs weer hoe gezond die is.'

Ik hoorde haar heen en weer lopen, lades opentrekken. 'Ben je al begonnen met koken?'

'Nee, ik zoek een blouse.'

'Een blouse?'

'Ik dacht dat ik hem in de was had gedaan.'

'Als ik niks mee hoef te nemen, zie ik je zo.'

'Ja, tot zo.'

We verbraken de verbinding en ik stapte op de fiets. Even later, voor haar deur, belde ik aan. De deur sprong open en ik liep de trap op. Ze stond in de deuropening. We kusten elkaar en ik sloot de deur achter ons.

'Nog gevonden?'

'Wat?'

'De blouse.'

'Nee.'

Ze liep de keuken in en ik volgde haar.

'Wil je wijn?'

'Lekker.'

Ze schonk twee glaasjes wijn in. Eentje gaf ze aan mij. Tegelijk namen we een slokje.

'Zullen we meteen gaan koken?' zei ze. 'Ik heb best honger.'

Zij zette de pasta op, ik sneed de groenten.

'Ik ben aan het boek begonnen dat je me hebt gegeven,' zei ik.

'Ja?'

'Ik vind het erg goed.' Ik sneed een schijfje komkommer af. 'De eenvoud spreekt me aan. Je loopt met haar mee door de straten van New York. De toevallige gesprekken met voorbijgangers, haar indrukken, haar gedachten. Het zijn korte stukjes, dat vind ik prettig op dit moment. Kort maar wel inhoudelijk. Puntig. Ze heeft een brede kijk op dingen. Op relaties, vriendschappen, liefde. Het is duidelijk een vrouw die heeft opgelet tijdens haar leven.'

'Mag ik het lenen als je het uit hebt?'

'Tuurlijk.' Ik schoof de gesneden cherrytomaatjes en komkommer met het mes in de saladekom. 'Maar je moet nog wel even geduld hebben.'

Ze leunde met haar billen tegen het aanrecht en nam een slokje wijn. 'Ben je eigenlijk aan het schrijven? Ik hoor je nooit meer over je tweede boek.'

'Nee. Dat ligt stil.'

'Je hebt niet de behoefte om juist nu aan het werk te zijn? Om iets op papier te zetten?'

'Ik heb wel de behoefte om te schrijven, ik heb altijd behoefte om te schrijven, maar ik zou nu niet weten wat ik moet vertellen.'

'Sommige schrijvers gebruiken wat ze doormaken als leidraad voor een verhaal. Dat kan jij ook doen. Het kan een soort literaire verwerking voor je zijn.'

'Terwijl ik er middenin zit?'

'Je zou kunnen beginnen met het maken van aantekeningen. Rauw noteren wat er in je omgaat. Ik moet denken aan *Het jaar van magisch denken* van Joan Didion.

Nadat haar man plotseling was overleden aan een hartaanval, begon ze er al heel snel over te schrijven. Al na een paar weken, geloof ik.'

Of het nu haar oogopslag was of de manier waarop ik naar woorden zocht terwijl ik haar aankeek, opeens besefte ik dat we in feite nog steeds met het interview bezig waren. Alsof ons contact sindsdien niets anders was dan de voortzetting van dat gesprek. De journalist en de schrijver. Vragen en antwoorden. Ik zat nog steeds met haar onder de lampen, in die ruimte binnen een ruimte, knie tegen knie – alsof we onze plekken niet hadden verlaten. Hoe konden we dat doen? Hoe konden we over literatuur en mijn volgende boek praten alsof er niets was gebeurd? Maar ermee ophouden, onze plekken verlaten, zou me niet opluchten. Het zou geen verschil maken. De situatie zou er niet werkelijk door veranderen.

'Ik weet het niet,' zei ik. 'Wie wil er nou een tekst lezen over een jonge schrijver die haar eigen leven vastlegt?'

'Dat je schrijver bent is bijzaak. Je bent bovenal een mens. Een vrouw. Hoe zei Renate Dorrestein het ook alweer? "Literatuur laat zien wat het betekent om mens te zijn." Een mens die iets specifieks meemaakt, ergens doorheen gaat.'

Ze draaide zich om naar het fornuis. Met een vork viste ze een penne uit de pan, blies erop en stak hem in haar mond. Ze zette het vuur uit en goot de pasta af. Ze gebruikte er een vergiet voor. Arne had zijn eigen techniek: hij hield de pan zonder deksel tegen de rand van de gootsteen en liet door de opening van een halve centimeter het warme water weglopen. Geen vergiet, beweerde hij, scheelde weer afwas. Ze kiepte de pasta bij de salade in de kom.

'Als ik mijn huidige leven op papier zou zetten, dan is dat geen verhaal, het is een situatie. Er gebeurt niets. Er worden nauwelijks stappen gezet.'

'Die stappen kan je eraan toevoegen. Je kan er iets bij verzinnen.'

'Ja, dat kan.'

Ze trok een blikje tonijn open, liet de olijfolie weglopen (Arne ving die altijd op om er later mee te bakken) en hield het blikje ondersteboven boven de kom. Ze roerde het geheel om met twee houten lepels. Intussen pakte ik twee borden en zette ze naast elkaar op het aanrecht. Daarna pakte ik mes en vork uit de lade.

'Een boek kan een eerbetoon zijn,' zei Hanna terwijl ze opschepte. 'Aan een plaats, een ervaring, een gevoel, aan een persoon. Je kan eer betonen aan Arne,' zei ze voorzichtig.

'Aan Arne?' Uit mijn mond ontsnapte een lach.

Hanna keek me verbaasd aan.

'Hoe kan ik dat doen als ik...'

'Als je wat?'

'Laat maar.'

'Nee, zeg maar.'

'Ik zou het heel vreemd vinden om een verhaal over Arne te schrijven.'

'Ik begrijp het.'

Ze begreep het niet. Als ik over Arne zou schrijven, zouden zij, het interview en het raam nooit ver weg kunnen blijven. Minutieus zou die dag neergezet moeten worden. Kon ik die dag onder ogen zien? Wilde ik Arne in die rol opvoeren? Het bedrogen vriendje, het verkeersslachtoffer. Misschien zou ik hem de grootste eer bewijzen met een verhaal waar ik hem zo veel mogelijk uit wegliet. Het moest er nog eens bij komen dat ik me hem zelfzuchtig toe-eigende, in een werkelijkheid plaatste die hij nooit had gekend en in een tijd die niet langer de zijne was. Ik zou andere mensen portretteren, de nabestaanden en de achterblijvers, zodat Arne ongekend bleef. Hij zou herinnerd worden zoals hij was en niet zoals hij werd beschreven. Het was nooit zijn ambitie geweest om een romanpersonage te worden. Om een centrale plek in een verhaal te krijgen. Een bijrol hooguit. Ja, misschien zou dat wel kunnen. Een belangrijke bijrol. Net als in *Nooit meer slapen* was hij niet Alfred, hij was Arne. Maar een slachtoffer was hij niet. Nee, zo zou ik hem niet neerzetten. Zijn laatste dag definieerde hem niet. Hij werd gedefinieerd door alles wat hij had gedaan in de tijd die eraan vooraf was gegaan en door de blik in zijn ogen, hoe zijn hand op de mijne lag in bed en de grapjes die hij maakte. Door al deze dingen en meer waardoor ik wist dat ik met hem verder wilde.

'Karlijn?'

'Ja?'

'Heb je *Carol* al gelezen?'

'Eh...' Ik had me voorgenomen eerlijk antwoord te geven als ze die vraag zou stellen. Toch hoorde ik mezelf zeggen: 'Ik ben er nog niet aan toegekomen.' Het schoot door me heen dat ze naar de boekenkast zou kunnen lopen om me haar exemplaar te lenen. 'Maar ik heb het boek al wel in huis,' zei ik snel. 'Ik begin er binnenkort aan.'

'Moet je echt doen. Het is de moeite waard.'

Nu keek ze me eens anders aan dan medelijdend of enthousiast. Er verscheen iets broeierigs in haar blik.

'Wat vind je er eigenlijk zo goed aan?' vroeg ik.

'Ik vind het heel mooi hoe hun relatie wordt beschreven. De manier waarop de twee vrouwen met elkaar omgaan. Het boek verscheen in 1952. Weet je hoe controversieel het was voor die tijd? De revolutie van de jaren zestig moest nog plaatsvinden. Highsmith was haar tijd ver vooruit. En we zijn er nog steeds niet. We moeten onze plaats nog steeds bevechten.'

'We?'

'Ja, wij vrouwen.'

Met onze borden liepen we de huiskamer in. Ik hield er niet van als iemand een activistische toon aansloeg. We gingen bij het open raam zitten, met onze blote voeten op de vensterbank en het bord op onze bovenbenen. De geur van de bloeiende bomen verspreidde zich door de kamer.

'En de mannen in het boek?' vroeg ik.

'Dat zijn alleen maar tegenwerkende krachten. De mannen doen er niet toe.'

Ze zei het lichtzinnig, voor de vuist weg.

48

Na het eten maakten we een wandeling door de buurt. Het was een zachte avond en het late licht scheen door de bladeren van de bomen heen. We roken zoete bloemengeuren als we langs een tuin of een perkje liepen.

'Zullen we naar de rivier wandelen?' stelde ik voor.

'Ja,' zei ze.

De terrassen zaten vol, net als de muurtjes en de bankjes. Iedereen was buiten en niemand lette op ons. Vroeger was dit een kade geweest met kinderkopjes waar auto's hard overheen reden. Nu was het een voetgangersgebied met langwerpige tegels en bankjes langs het water. Mensen aten wandelend een ijsje of lieten hun hond uit. Kinderen op rolschaatsen. Wij leunden tegen een muurtje en keken uit over de rivier. Aan de overkant lagen mensen op handdoeken. Vuurtjes met rook erboven. Zwemmers. Het was zo'n beloftevolle avond waarop je spontaan plannen wilt maken voor uitstapjes en reizen.

'Laten we een week weggaan,' zei ik tegen Hanna toen we weer verder liepen. 'Maakt niet uit waarheen.'

'Ja, leuk. Alleen, een week, zo lang kan ik geen vrij krijgen. Hooguit een paar dagen.'

'Dan gaan we toch een paar dagen? We kunnen een fietstochtje maken. In Nederland. Van herberg naar herberg.'

'Ja, goed idee.'

Terschelling, de Achterhoek, Friesland. Ik was bestemmingen aan het verzinnen toen er tussen de ons tegemoetkomende mensen twee bekende gezichten opdoken.

'Shit.'

'Wat?'

Ik wilde me achter haar rug verschuilen of omdraaien, maar het was al te laat. Ze hadden me gezien. Alsof ik Hanna's hand snel losliet en wegduwde, liepen we hen tegemoet, terwijl we elkaars hand helemaal niet hadden vastgehouden.

'Karlijn,' zei Arnes moeder. 'Wat een verrassing.' Arnes vader glimlachte weemoedig en zei: 'Hoi Karlijn.'

'Jullie hier?' zei ik.

'Mijn broer Luc,' zei Arnes vader. 'Hij woont hier om de hoek. Je hebt hem een keer ontmoet. De broer met de snor, zo noem je hem altijd. Hij is jarig vandaag. En jullie? Genieten jullie van een mooie zomeravond?'

'We waren wat aan het wandelen. We gaan zo naar de film. Of iets drinken. Toch?' Ik keek Hanna aan. 'We gingen toch iets drinken zo?'

'Eh ja,' zei ze.

'Dit is Hanna,' zei ik. 'Hanna, dit zijn de ouders van Arne.'

Ze stak haar hand uit, eerst naar Arnes moeder en toen naar zijn vader.

'Wat fijn, een vriendin met wie je kan wandelen en praten. Het is belangrijk om zo iemand te hebben.'

'Ja.'

'Let je een beetje op haar?' Arnes moeder legde haar hand op Hanna's arm. 'Verwen haar maar flink.'

Hanna keek me vanonder haar wenkbrauwen aan. 'Dat zal ik doen.'

'Dat heeft ze wel verdiend.'

'Ja, dat vind ik ook.' Hanna pakte mijn hand vast.

De ouders van Arne keken ons aan. Langer dan ik

wilde. 'Nou,' verbrak Arnes vader de stilte, 'we moeten weer verder.'

'Ja,' zei ik.

'Fijne avond.'

'Jullie ook.'

Ze liepen door. Hanna en ik hielden nog steeds elkaars hand vast. We moesten ons best doen om niet in de lach te schieten, nog binnen gehoorafstand.

'Nu moeten we er zeker een paar dagen tussenuit,' zei Hanna.

Ik keek achterom. Tussen de mensen keek Arnes moeder over haar schouder naar mij. Ik kon er niet uit opmaken of ze er iets van dacht. Had ze in de gaten met wie ze oog in oog had gestaan?

49

Ik belde mijn zusje om te zeggen dat ze voorlopig even niet langs hoefde te komen om boodschappen voor me te doen. Omdat ik wat tijd nodig had. Dat begreep ze. Ik kon haar altijd bellen als ik van gedachten veranderde, zei ze.

Ik las daarna een e-mail waarin ik werd gevraagd om een kort verhaal te schrijven voor het dubbeldikke zomernummer van een tijdschrift. 'De onderwerpkeuze is vrij, als het maar iets met de zomer te maken heeft. Een persoonlijke ervaring heeft onze voorkeur.'

Eerder zou ik een gat in de lucht hebben gesprongen bij zo'n verzoek. Ik zou Arne hebben opgebeld om het nieuwtje te vertellen. Nu moest ik erover nadenken. Over de persoonlijke ervaring, de zomer en de redactie, een 'ons' met een voorkeur.

Ik had niets klaarliggen. Geen verhaal, geen begin van een verhaal en ook geen opzet voor een verhaal. Na het gesprek met Hanna was ik nog niet begonnen met het vastleggen van mijn leven. Ik wilde dat idee eerst laten rijpen voordat ik ermee aan de slag ging.

Als ik zou instemmen, wat haalde ik mezelf dan op de hals? Het verzoek kwam op het verkeerde moment. Zeker nu Hanna en ik op het punt stonden op pad te gaan. Een persoonlijk zomerverhaal zag ik nu niet uit mijn pen komen. Dat schreef ik ook terug. Ik was opgelucht toen ik mijn laptop dichtklapte. Even had ik bijna iets gemoeten, nu was ik weer vrij.

50

Het waren tamelijk zorgeloze dagen die we samen doorbrachten in Zuid-Limburg. We gingen op de fiets. Tenminste, we stapten met onze fietsen in de trein naar Maastricht Centraal. Vanaf daar reden we de laatste vijfentwintig kilometer zelf.

Het was twaalf uur toen we op het station uitstapten. We verlieten Maastricht en kwamen terecht in het landschap waaraan het in de rest van Nederland ontbrak: heuvelachtig, vol groene bossen en gele korenvelden. De eerste pauze hielden we in Gulpen, waar we op een terras een biertje dronken, daar gebrouwen.

Het klimmen en dalen op onze stadsfietsen viel tegen. Nergens was een vlak stuk. Dat hadden we kunnen weten, maar we waren niet goed voorbereid. Op steile stukken liepen we met de fiets aan de hand omhoog. Mannen in strakke broekjes op racefietsen haalden ons in. Ze keken over hun schouder, hun blikken gleden over onze lichamen. Amateurs met borsten onder een dun shirtje, dat waren we.

In een Spar aan een stil dorpsplein kochten we een picknick bij elkaar. Het bleek een kleine super met een aangenaam beperkt assortiment. Dat verhoogde ons vakantiegevoel.

Langs een tractorpad in het gras aten we van het stokbrood, de confituur en de kaas. De lauwe appelsap dronken we direct uit de fles. We lagen naast elkaar op onze rug en voelden ons loom worden. Ik draaide op mijn zij en legde mijn hoofd op haar schouder. Mijn rechterhand liet ik rusten op haar linkerborst.

Een roofvogel cirkelde hoog boven ons in de lucht.

De cirkels werden wijder en hij verdween achter de bosrand.

'Het voelt zo gek vertrouwd,' zei ik. 'Jouw lichaam, je borsten, je huid, je billen. Ik bedoel, alles is net als bij mezelf, maar toch voelt het nieuw.' Ik trok Hanna's shirt omhoog en haalde haar borsten tevoorschijn uit haar bh. Ze lagen open en bloot in de zon, een paar haartjes rond haar tepels glansden in het licht. Met mijn vinger cirkelde ik eromheen.

We kusten elkaar, snoepten van de restjes eten en vielen in slaap. Rozig stapten we weer op de fiets. We reden nu nog langzamer.

Aan het eind van de middag bereikten we de herberg. In de kamer was het warm. Witte schone lakens op het bed. We namen samen een douche en droogden ons slordig af. Zonder zich aan te kleden ging Hanna op de rand van het bed zitten en liet zich achterovervallen. Ze vroeg of ik het gordijn dicht wilde doen. Het gordijn was van lichtroze katoen, maar het sloot niet helemaal af. Een streepje licht viel naar binnen. Ik bleef nog even bij het venster staan. Ik keek naar Hanna, hoe ze languit op het bed lag. Het streepje licht liep over haar borsten. De achtergebleven druppels op haar bovenbenen, op haar buik. Ik liep naar het bed en trok haar naar me toe. Ik ging door mijn knieën en likte alle druppels van haar lichaam. We vreeën zoals dat alleen aan het einde van een middag in een herberg kan. Gretig en loom tegelijk.

In het eetzaaltje was het vol en drukkend. Het plafond was laag. Er bleek nog één tafeltje vrij. Verrast door het lawaai dat ons omringde, deden we er het zwijgen toe. De muren waren behangen met prullaria, ingelijste krantenartikelen en ouderwetse schilderijen van boerse taferelen. We bekeken de serveersters die gekleed waren in zwart en wit. We luisterden naar het dialect van de mensen aan de lange tafel naast ons, een familie waarschijnlijk, met neven en nichten en tantes en ooms. Het lawaai nam niet af. We hielden het bij een hoofdgerecht.

Voor wat frisse lucht liepen we een stukje langs de weilanden en de huizen aan de rand van het dorp. De hemel was oranje en zou van roze naar donkerblauw kleuren. We waren moe en keerden al snel om.

De volgende ochtend werd ik als eerste wakker. Hanna lag met haar gezicht naar me toe. Ze had een lijn in haar wang van het dikke katoen van de kussensloop. Haar schouders staken bloot boven de deken uit. Een paar tellen bekeek ik haar slapende gezicht. Toen gleed ik met het topje van mijn wijsvinger over de frons tussen haar wenkbrauwen. Ze opende haar ogen.

Op het tafeltje bij het raam stond een waterkoker. Ik zette thee en met twee kopjes kroop ik weer in bed. We hadden nog geen zin om op te staan. Slokjes thee drinkend las ik in Vivian Gornick en Hanna begon aan een roman voor haar werk. Ze keek geconcentreerd, bijna streng. Na een tijdje legde ik mijn boek weg, draaide op mijn zij en dommelde wat. Ik sliep niet echt, dacht ik, maar ik werd toch wakker van Hanna die met haar wijsvinger over mijn neus gleed.

De trap kraakte onder onze voeten toen we naar beneden liepen. We betraden het ontbijtzaaltje. We bleken de laatsten te zijn. Er was nog maar één tafel gedekt. De andere gasten waren al op pad.

Na het ontbijt lazen we de krant op het terras voor de herberg. De zon scheen en we zaten onder de luifel in de schaduw. De berichten over gebeurtenissen elders in de wereld leken ons niet aan te gaan. Hier waren geen zorgen. Het brood was vers en de bedden fris. Over deze plek en over ons hing een stilte die niet werd verbroken. Als ik aan die dagen terugdenk, zie ik voor me dat Hanna en ik zelden gesprekken met elkaar voerden. We zullen heus wel met elkaar hebben gepraat, dat moet wel, toch herinner ik me geen van de woorden die we hebben gewisseld.

We sloegen de krant dicht en legden hem terug in het houten rek. We lieten het plan los om op de fiets verder te trekken. We bleven in deze herberg. Dat was geen probleem, zei de receptioniste, de kamer was nog vrij.

Met een rugtas op fietsten we het dal in. We maakten een tocht langs de meanderende beek. Vakwerkboerderijen, een oude watermolen en koeien die ter verkoeling tot hun enkels in het water stonden. De zon stond hoog toen we in een super, die bijna voor de middag ging sluiten, nog snel wat eten en drinken kochten. Ik rekende af. In mijn portemonnee, op zoek naar kleingeld, zag ik de losse sleutel tussen de muntjes liggen. Voordat ik de sleutel had teruggehangen, had ik eerst een kopie laten maken. Voor de zekerheid. Hanna merkte de sleutel niet op. Ze was de boodschappen in de rugtas aan het stoppen. Ik gaf het wisselgeld aan de kassière en stak mijn portemonnee terug in mijn broekzak.

We reden het dorpje uit. In de schaduw van een boom, langs een akker, gingen we in het gras liggen. Zonder het te plannen of te benoemen ontstond er een ritme. Een vanzelfsprekende opeenvolging van fietsen, picknicken, samen een douche nemen, vrijen, avondeten en vermoeid naast elkaar in slaap vallen. We hoefden nergens te zijn en andere mensen drongen zich in mijn gedachten niet aan me op. Arne kon ons hier niet vinden. Hier voelde ik me samen met Hanna.

51

We kwamen 's avonds aan op het station en het voelde alsof we lang weg waren geweest. Langer dan een paar dagen. Op de stoep bij het kruispunt gaven we elkaar een innige kus. Zij ging naar huis en ik ook. Het werk begon voor haar morgen weer. Ze wilde vroeg opstaan om haar aantekeningen door te lezen. Die dag ging ze drie interviews opnemen. Ze zag er bruin en uitgerust uit. Je zou het later in de uitzending terugzien.

Ga er niet heen, zei ik de volgende ochtend tegen mezelf. Blijf thuis. Het was toch fijn samen in Limburg? Om half een stond ik voor haar deur. Uit mijn portemonnee pakte ik de sleutel. Ik stak hem in het slot. De persoon die ik bij haar was, bestond nooit lang. Als ik alleen was gebeurde er iets. Die onderstreepte zinnen in *Carol*. Ze zaten me niet lekker. Had ze in andere boeken ook zinnen onderstreept die onze situatie beschreven? Ik zou me vast beter voelen als ik die had verwijderd.

Ik maakte de deur open. Ik wist dat ze al om negen uur was vertrokken, toch riep ik voor de zekerheid: 'Hanna?'

Ik hoorde niets en liep naar binnen. Een kort bezoekje. Hooguit een uur. Dat had ik in gedachten.

Het was een warme dag, ik had dorst en in de keuken dronk ik een paar slokken water uit de kraan. Met mijn hand veegde ik mijn mond af. Buiten hoorde ik een auto de straat in rijden. Had Hanna eigenlijk een auto? Ze had er niet over verteld. Ik liep naar het raam. Verderop in de straat stapte een man uit en ging aan de overkant een huis binnen. Ik liep van het raam weg. Bij de bovenburen klonk dof gestommel. Ik keek naar het plafond. Het geluid hield weer op.

Voor de boekenkast gleed ik met mijn blik langs de planken. Ik bladerde door de boeken van Marguerite Duras, Jean Rhys en Zadie Smith. In al deze romans waren zinnen onderstreept, maar geen enkele zin was van belang. Een rijtje Vladimir Nabokov en zo'n beetje alles van Rachel Cusk. Hierin vond ik ook veel onderstreepte zinnen, maar ze gingen over andere onderwerpen.

Ik pakte *De voorlezer* van Bernhard Schlink van de plank. Een bescheiden, wat onbeduidende uitgave. Een dunne paperback met kleine letters. Honderdzestig bladzijden. Op de kobaltblauwe omslag stond een impressionistisch schilderij van een badende vrouw. Ik keek in het colofon. Het was een achtste druk uit 1996, ver voor de verfilming in 2008 met Kate Winslet. Toen het nog gewoon een roman was, zonder de Hollywood-allure.

Het boek bevatte meerdere overeenkomsten met ons. Allereerst was er Hanna. De vrouw op wie Michael, een jongen van vijftien, verliefd wordt. Voor zijn omgeving verzwijgt hij zijn contact met haar. Hanna is de eerste vrouw die hij begeert. Een geheime liefde. En er was meer. Het deel waarin Michael en Hanna er samen een paar dagen tussenuit gaan. Een fietsvakantie door landelijk Duitsland. Een plek waar niemand hen kent.

Op een dag is Hanna plotseling verdwenen. Michael gaat naar haar huis, maar ze is er niet meer. Jaren later, als rechtenstudent, ziet hij haar terug in een rechtszaal waar ze terechtstaat voor nazimisdaden. Dat is het tweede deel. Maar voor mij was de kern van *De voorlezer* het eerste deel: de geheime liefde. De scènes waarin ze samen zijn.

Hanna komt meteen in het eerste hoofdstuk van het boek voor. Ze ontmoeten elkaar op de eerste bladzijde.

Later, na een hiaat, ziet hij haar opnieuw. Dan begint hun verhouding.

Ik bladerde het boek door. Ook deze bladzijden bevatten onderstreepte zinnen en gekrabbel in de kantlijn. Op pagina 12: 'Ze zette haar tenen op de stoel, trok de kous over kuit, knie en dij, boog opzij en bevestigde de kous aan de jarretels. Ze richtte zich op, haalde haar voet van de stoel en reikte toen naar de andere kous. Ik kon mijn ogen niet van haar afhouden. Van haar nek en van haar schouders, van haar borsten die door de onderjurk meer werden omhuld dan verborgen, van haar billen waarover de onderjurk spande.' Iets verderop: 'Ze voelde mijn blik. Toen ze de andere kous wilde pakken, onderbrak ze haar beweging, draaide zich naar de deur en keek me aan.' Op pagina 56: 'In het begin zei ik tegen mezelf dat de vertrouwelijkheid met mijn vrienden nog niet groot genoeg was om over Hanna te vertellen. Toen vond ik niet de passende gelegenheid, het geschikte uur, de juiste bewoordingen. Uiteindelijk was het te laat om over Hanna te vertellen, om haar samen met de andere jeugdige geheimen te presenteren.' Op pagina 58: 'We hadden geen gemeenschappelijk sociaal leven.'

Ik pakte de gum. Op de bank, met het boek op mijn bovenbenen, wiste ik de potloodstrepen onder deze zinnen. Daarna deed ik voor de zekerheid de rest ook.

Toen ik klaar was, bladerde ik het boek nog eens door. Voor zover ik kon zien was het helemaal schoon. Ik zette het op dezelfde plek terug in de kast.

Met de gum in mijn hand keek ik verder. Annelies Verbeke, Sally Rooney en vier boeken van Saul Bellow. Mijn blik schoot toevallig naar de klok naast de kast. Drie uur al? Was ik hier al zo lang? Shit. Ik wist niet wanneer ze thuiskwam. De gum legde ik terug in het bakje. Het gumsel dat op mijn benen had gelegen en op de grond was gevallen toen ik was opgestaan, veegde ik met mijn hand onder de bank. Met een droge keel liep ik naar de voordeur, maar op het laatste moment draaide ik me om en liep terug naar de keuken, naar de koelkast, waar ik een slok melk dronk, direct uit het pak.

52

Ze was onderweg naar mijn huis. Ze belde op en zei dat ze er bijna was. Ik was net thuisgekomen van het bezoek aan haar appartement. 'Ik heb allemaal lekkere dingen over van de lunch,' zei ze. Een spontane inval. Ik had amper tijd om op te ruimen. Daar ging de bel al. Voordat ik opendeed, keek ik in de spiegel. Een ontmoeting met een journalist begint bij de drempel.

Met twee handen hield ze een papieren tasje voor haar bovenbenen. Ze kuste me op mijn mond. Ze glimlachte naar me. Ik glimlachte terug. Was ze opgetogen na een dag werken of probeerde ze de beladen sfeer van deze plek te negeren?

We liepen de huiskamer in.

'Hoe ging het?' vroeg ik.

'Goed. Echt heel goed.'

Ze zette het tasje op tafel en vertelde hoe de interviews waren gegaan. 'Hé, dat ben jij,' onderbrak ze zichzelf. Ze liep naar de kartonnen versie van mij, ging naast haar staan en legde een arm over haar schouder.

Er veranderde iets aan haar blik toen ze de huiskamer rondkeek. Ik zag wat zij moest zien. Mijn zusje was een tijdje niet langs geweest om op te ruimen. Haar blik bleef hangen bij de lege doosjes paracetamol.

Ik liep naar de keuken en pakte borden, bestek en glazen.

Ze liep niet met me mee. 'Dat is niet nodig, hoor,' riep ze vanuit de huiskamer. 'Je kan het zo eten. Een picknick!'

Met lege handen kwam ik terug.

'Zal ik het raam openzetten voor wat frisse lucht?' vroeg ze. Ze liep al naar het raam toe.

'Nee, niet doen,' zei ik.

'Waarom niet?'

'Gewoon.'

'Heb je het koud dat je...'

'Nee, ik heb liever dat je het dichtlaat.'

'Maar het ruikt hier...'

'Het is mijn raam, oké? Laat nou maar.'

Ze keek me aan. Haar ogen leken iets groter, maar misschien verbeeldde ik me dat. Met vers sap en sandwiches gingen we op de bank zitten. We aten en dronken zonder iets te zeggen. Achter ons het gesloten raam.

We keken uit op de plek die door de twee mannen was leeggemaakt en waar het interview was afgenomen. Die ruimte binnen een ruimte.

Hanna zette de lege sapbeker op de grond, bij gebrek aan een tafeltje. Ze staarde een tijdje voor zich uit en zuchtte. 'Het is vreemd om hier weer te zijn.'

'Ja.'

Ik dronk mijn beker ook leeg. Met een rietje. Toen ik de bodem bereikte, klonk er een slurpgeluid. Het klonk hard in de stilte.

Ze zei dat ze even naar de wc moest. Ik wees haar de weg. De wc was bij mij ook in de badkamer.

Even waren er geen geluiden. Toen hoorde ik water door de leidingen stromen. Ze liep de huiskamer weer in, maar kwam niet meteen naast me zitten. Ze aarzelde een seconde en bleef tegenover me staan, met haar zojuist afgedroogde handen langs haar lichaam. Ik klopte met mijn vlakke hand op de lege plek naast me. Toen pas kroop ze weer op de bank. We kletsten wat en ze vertelde verder over haar interviews met de schrijvers. Ik wist dat ze daar na een dag werken vol van was. Zoals Arne ook vol was geweest van zijn leerlingen en collega's als hij thuiskwam. In het begin van onze relatie, tenminste. Later werd dat minder.

Volgens mij waren dat de gesprekken die Hanna en ik hadden toen ze die middag spontaan bij me op bezoek kwam. Kort daarna ruimden we de drinkbekers en servetjes op, en ging ze weg.

53

Ik liet mezelf binnen en liep meteen naar de boekenkast. Geen getreuzel vandaag. Hanna was voor een bespreking op en neer naar Hilversum. Ik wist niet hoelang dat zou duren. Erin en eruit, dat had ik in gedachten.

Ik speurde de planken af. Cesare Pavese, Elfriede Jelinek, Ismail Kadare, Franz Kafka. In het rijtje boeken van W.F. Hermans zag ik *Nooit meer slapen* staan. De titel in paarse letters op een witte rug. Erboven een kleine portretfoto van de auteur. Geringschattend keek Hermans me vanachter zijn hoornen bril aan.

Ik legde mijn wijsvinger op het boek, vlak boven zijn hoofd, en kantelde het naar me toe. Het was een gebonden uitgave met stofomslag. Op het witte voorplat een kleine foto van een rotsblok waarop een steentje ligt. Als ik het goed had onthouden, was een steentje op een rotsblok leggen in Noorwegen een manier om een wandelroute aan te geven. Links van het rotsblok, op de rug gezien, liep een jongeman met een rugzak. Ik sloeg het boek open, keek in het colofon en zag dat de foto was gemaakt door Hermans zelf. Was de persoon op de foto dan Arne?

Ik ging op de bank zitten en sloeg een paar bladzijden om. Zijn naam werd voor de eerste keer genoemd op bladzijde 9. In het gesprek tussen Alfred en professor Nummedal. Ik bladerde verder. 'Arne is ongeveer een hoofd groter dan ik. Zijn haar is lichtblond en aan de lange kant.' Een paar regels verderop: 'Hij heeft opvallend oude kleren aan, er zijn lappen in z'n broek gezet en in de ellebogen van de anorak.'

Talloze pagina's met potloodstrepen en aantekeningen. Op bladzijde 241: 'Toen moest alles nog mislukken, *toen was Arne nog niet dood*,' denkt Alfred. Ik bladerde een flink stuk terug. Op bladzijde 72 twee zinnen. Ik schrok. 'Maar zelfs zonder opzet, dan nog had Arne een half uur voor mijn aankomst een ongeluk kunnen overkomen. Overreden door een auto.'

Deze zinnen waren onderstreept. Het was maar goed dat ik dit zag. Hanna en ik, we lieten slordige sporen na. Een van ons twee moest nauwkeurig zijn.

Ik pakte de gum, ging op de bank zitten en begon te gummen.

54

De ouders van Arne. Ze waren in de buurt. Zijn vader ging op de bank zitten en zijn moeder liep mee naar de keuken.

'Hoe gaat het met je, schat?' vroeg ze. 'Houd je het een beetje vol?'

Ik knikte zwijgend en keek naar mijn handen.

'Je houdt je kranig. Je bent heel moedig. Veel moediger dan ik. Soms...' Ze begon te huilen. Ze drukte zich tegen me aan en omhelsde me. Ik wreef zachtjes over haar rug. Met haar gezicht in mijn nek zei ze: 'Mijn jongen, ik mis je zo.' Ze liet me los en met een zakdoek veegde ze haar wangen droog. Ik zette koffie en ze bleef naast me staan, met twee handen steunend op het aanrecht. Met rode ogen volgde ze hoe ik een filter pakte, vier schepjes koffie erin deed, het water bijvulde en de aan-knop indrukte.

Terwijl de koffie pruttelde, liep ik naar de huiskamer. Ze liep achter me aan.

'Het ruikt hier steeds minder naar Arne,' zei ze.

Arnes vader kwam overeind uit de bank en omhelsde haar. Ik ging naar de koffie kijken. Naast het apparaat bleef ik wachten. Het pruttelen overstemde de geluiden in de huiskamer.

Ik pakte drie kopjes uit de kast en zette ze in een rij op het aanrecht. Mijn hand trilde. Ik schonk ze alle drie in één keer in. De koffie die ernaast ging liet ik liggen.

Met een vol dienblad, wankel in mijn handen, liep ik de kamer in. Ze stonden bij het raam. Ik kreeg het warm en zei: 'Zullen we hier gaan zitten?'

Ieder met een kop koffie gingen we zitten. Zij naast

elkaar op de bank en ik op een bijgeschoven eettafelstoel.

'Wat zit je ver weg,' zei Arnes moeder. Ik mocht wel bij hen komen zitten. Dicht bij elkaar. Samen.

Nu zaten we met z'n drieën op de bank. Dicht bij elkaar. We dronken van de koffie. De moeder van Arne herhaalde hoe moedig ik was. Hoe kranig ik me hield.

55

Buiten regende het. Een stortbui waarvan de dakgoot overliep. Dikke druppels dreven over de rand heen en vielen langs de gevel naar beneden.

Aan de eettafel in haar huiskamer lazen we de krant. Hanna de bijlage, ik het hoofdkatern. Daarna wisselden we. Ze had al jaren een abonnement op dit ochtendblad, vertelde ze. Ze vond de toon van de artikelen prettig.

Ik kreeg de indruk dat deze krant stond voor wie ze was of wilde zijn. Het was een deel van haar identiteit. Arne en ik hadden ieder jaar van krant gewisseld. Wat zei dat over ons? We beweerden in ieder geval dat we ons niet wilden binden aan één visie op de werkelijkheid. Gevarieerde voeding houdt je gezond, zo was het ook met geestelijk voedsel. Dat zei ik tegen Hanna en ik zag dat ze het apart vond. Verdacht misschien zelfs. Hoe wist ze nu bij welke groep ik hoorde en belangrijker nog: tegen welke groepen ik was?

'Was het soms vanwege acties of kortingen?' probeerde ze nog.

'Ik weet niet of het is gelukt, maar het was een poging om een open blik te houden.'

Ze ging er verder niet op in en stuurde het gesprek een andere kant op. 'Zou je niet ergens een column voor willen schrijven? Ik weet van een krant dat ze een opschoonronde gaan houden en nieuwe stemmen zoeken.'

'Een column. Ja, misschien wel. Aan de andere kant, misschien wil ik alles vrijhouden om aan mijn tweede boek te werken.'

'Schrijf je weer?'

'Nee, nog niet.'

'Ben je aantekeningen over je leven aan het maken?'

'Nee, ook nog niet.'

Ze leek teleurgesteld. Of was ze beledigd? Omdat ik het niet de moeite waard vond om te schrijven over een periode waarvan zij deel uitmaakte? Ik besloot van onderwerp te veranderen en zei: 'Ik las onlangs iets in een vogelboek van Arne. Over een bepaalde eend die in de rui zijn grote kleurrijke veren verliest. Hij kan niet meer vliegen, heeft een tijdelijk bruin kleed en moet een periode wachten tot de nieuwe veren zijn aangegroeid. Dan kan hij weer vliegen. In de tussentijd is hij kwetsbaar en houdt hij zich schuil. Zo voel ik me ook een beetje.'

'Je wacht tot je weer kunt beginnen?'

'Zoiets.'

'En in de tussentijd ga je met mij om?'

'Zo bedoel ik het niet. Ik moet er nu gewoon niet aan denken dat er mensen buiten mijn dagelijks leven zijn die iets van me verwachten, zoals een krantenredactie.'

'Je houdt het liever klein. Leven bij de dag?'

'Ja.'

'Denk je nooit aan later? Aan ons, in de toekomst?'

'Om eerlijk te zijn niet. Jij wel?'

'Nee, ik ook niet eigenlijk. De toekomst is nog ver weg.'

Ze boog zich weer over de krant. Ik deed hetzelfde.

Na een paar minuten tikte ze met haar wijsvinger op een portretfoto die boven een column was afgedrukt. 'Dat zou jij kunnen zijn,' zei ze lachend.

'Hou op, Hanna.'

'Nee, dat denk ik echt. Misschien is het schrijven van een column net wat je nodig hebt. Het kan je voorzichtig weer op gang brengen. Elke week een kort stukje.'

'Ik snap wat je bedoelt, maar ik wil me nu niet binden.'

'Niet binden?'

'Ik bedoel aan een krant. Mijn tweede boek heeft voorrang. Dat wil ik eerst opstarten. Een rij boeken wil ik schrijven. Een lange rij boeken.'

'Dat begrijp ik, maar je kunt er toch dingen naast doen? De meeste schrijvers doen dat. Het zou je ook wat nieuwe structuur geven. Ook al weet je nu nog niet of het lukt, je kunt het toch proberen? Je moet het niet van tevoren al opgeven. Je moet moedig zijn.'

'Ja? Moet dat?'

'Je begrijpt wel wat ik bedoel.'

'Nee, eigenlijk niet. Waarom dram je zo door? Waarom wil je zo graag dat ik een column ga schrijven?'

'Het gaat me niet eens zozeer om een column. Ik probeer je gewoon vooruit te helpen.'

'Vooruithelpen?'

'Ja, jouw leven is ook mijn leven. Snap je dat dan niet?'

'Je hoeft me helemaal niet te helpen.'

'Waarom niet?'

'Daarom niet. Omdat de boeken voorgaan. Omdat ik geen afleiding wil, geen zijprojecten, geen concessies. De enige concessie die ik wil doen is me verbinden aan een uitgeverij.' Ik hoorde mezelf praten. Het klonk uit de hoogte. Maar ik had het gezegd en ik besloot er niets van terug te nemen.

'Wat je zegt klinkt nogal... Het is toch niet erg om je ergens aan te verbinden? Zoals een krant?'

'Ik ben verbonden met mijn vader en moeder en zusje. Zij zijn mijn roedel. En ik ben verbonden met jou.' Ik boog naar haar toe en legde mijn hand op haar knie. Meteen besefte ik hoe beladen dit gebaar was. En hoe onoprecht. Ik deed het alleen maar om het gesprek te beëindigen.

Ze lachte aarzelend en beantwoordde mijn kus.

56

Het bedlampje had ik twee uur geleden uitgedaan, maar de slaap bleef weg. Op mijn rug lag ik in het donker te kijken. Mijn hart klopte snel. Ik voelde het in mijn borst en ook in de rest van mijn lichaam, leek het.

De plek naast me was leeg. Waar Arne lag, was het nog donkerder dan hier. Daar was het altijd donker.

Het gesprek met Hanna spookte door mijn hoofd. Wat ik had gezegd en wat zij had gezegd. Bedrukt waren we uiteengegaan.

Ik vroeg me af hoe het bestond dat ik vlak na zijn dood gevoelens voor haar kon hebben. Voor een vrouw met wie ik inmiddels alweer woorden had, als in een relatie, terwijl ik om hem nog niet eens had gehuild. Miste ik hem dan niet? Ik durfde mezelf deze vraag bijna niet te stellen. Maar ik kon er ook niet omheen.

Natuurlijk miste ik Arne. Elke dag dacht ik aan hem. Ik zag hem voor me in huis, op straat, in Hanna's appartement, in het park. Elke dag was ik me bewust van mijn rol op die ene ochtend. Maar ik moest toegeven: ik had minder vaak hoofdpijn dan in het begin. Ik slikte ook minder paracetamol. Misschien omdat ik in Hanna de ideale afleiding had gevonden. Iemand met wie ik mijn schuld kon delen. Op wie ik het kon overdragen.

Was het waar wat ik tegen haar had gezegd? Dat ik niet nadacht over een toekomst met haar, maar wel over de mogelijkheid van een boek? Dat een boek voorging? Bleek ik er zo in te staan of had ik het alleen maar verzonnen omwille van de discussie?

Het was lastig. Als ik iets verzon, was het er. Als iets gebeurde, was het er ook. Allebei werd het onderdeel van dezelfde werkelijkheid. De werkelijkheid waarin ik leefde. Waarin ik stappen zette en op basis waarvan ik beslissingen nam. Ik kon een gedachte niet ontdenken. Net zomin als ik een gebeurtenis ongedaan kon maken. Hanna had haar hand op mijn knie gelegd. Ik had het raam opengezet. Arne was op zijn fiets gesprongen.

57

Zonder 'Hanna?' te roepen liep ik naar binnen. Het was elf uur in de ochtend. Ik wist niet wat voor afspraak ze had, wel dat ze om twaalf uur terug zou zijn.

Ik liep naar de boekenkast en gleed met mijn ogen langs de titels. Ik wist niet zo goed wat ik zocht, maar ik had het gevoel dat ik iets vergeten was. Mulisch' *Twee vrouwen* kwam ik tegen en ook *Strikt* van Minke Douwesz. In deze romans waren zinnen onderstreept, maar ze hadden geen betrekking op ons. Ik zag *Carol* staan en bladerde het boek nog eens door. Ik ontdekte een fragment dat ik eerder over het hoofd had gezien. Op bladzijde 152, in een dialoog tussen Therese en haar vriendje Richard, zegt hij: 'Ik zal je één ding zeggen, ik geloof dat je vriendin weet wat ze doet. Ik geloof dat ze een misdaad tegen je begaat. Ik ben half van plan haar bij iemand aan te geven, maar de ellende is dat je geen kind bent. Je gedraagt je alleen als een kind.' Ik pakte de gum en wiste de potloodstrepen uit. Ter controle bladerde ik het boek nogmaals door, van voor naar achter. Het was nu helemaal schoon. Ik zette het weer terug.

Ik controleerde *De voorlezer* en *Nooit meer slapen* ook. Daarin vond ik geen vergeten zinnen.

Wat had ze in *Jaarringen* onderstreept? Ik zocht de planken af, maar zag het niet staan. Ik wierp een blik op de stapeltjes naast de bank en onder het raam, maar ook daar kon ik het niet vinden. Ik keek op de klok. Tien voor twaalf. *Jaarringen* moest wachten. Zonder iets aan te raken liep ik naar de deur. Onder aan de trap opende ik de voordeur en schrok van een langsrijdende auto. Ik stak mijn hoofd om de hoek. Links niemand, rechts ook niet. Ik stapte de stoep op.

58

De volgende dag, we stonden in haar woonkamer, stelde Hanna dezelfde vraag die ze weken geleden had gesteld toen we samen op de bank lagen. Maar nu ontbrak de glimlach.

'Ben je altijd zo?'

De vraag was voorafgegaan aan andere vragen. 'Wat is dit? Je bent in mijn appartement? Wat doe je hier, Karlijn?'

Ze was zomaar thuisgekomen. Opeens werd er een sleutel in de voordeur gestoken en klonken er voetstappen in de gang. Mijn eerste gedachte was om weg te springen, me te verstoppen achter de bank, maar het was al te laat. Ze droeg een lange zomerjas en had een tas over haar schouder geslagen. Haar werkkleding. Ze trof me aan voor haar boekenkast met een gum in de hand. Mijn hoofd schuin om de boektitels te lezen. Ik was op zoek naar *Jaarringen*. Ze keek me met grote ogen aan en ik moet met even grote ogen hebben teruggekeken.

Zij was de eerste die sprak. Ze vuurde haar vragen op me af.

Om haar tegemoet te komen, zei ik: 'Ik heb een sleutel van je huis. Ik bedoel, ik heb niet ingebroken. Ik heb een sleutel gebruikt. Het is belangrijk om een reservesleutel te hebben.'

'Waar heb je het over? Hoe kom je daaraan? Wat ís dit?'

Ze kon er niet om lachen. Ze deed alsof ik een inbreker was, een verkrachter, een moordenaar. Ze overdreef. Ze kalmeerde niet echt, maar er ontstond wel een gesprek. Ik herinner me niet meer elke zin, maar ik betwijfel of ik goed heb kunnen uitleggen wat ik in haar huis deed. Dat krijg je gewoon niet uitgelegd.

'Wacht eens even,' zei ze na een tijdje. Nadenkend, met onrustige ogen, ontweek ze mijn blik. Toen keek ze me recht aan en zei: 'Ik zocht laatst iets op in *Carol*. Ik wist niet meteen wat er anders was. Toen zag ik het. Al mijn aantekeningen waren weg! Ik snapte er niks van. Was jij dat ook? Heb jij dat gedaan?'

Ik slikte. 'Ja.'

'Hoe durf je, godverdomme! Dat zijn míjn persoonlijke aantekeningen. Dat zijn míjn gedachten. Dat is mijn wérk.'

Ik knikte.

'Je hebt dus zitten gummen in mijn lievelingsboek? Jezus. Dat is nog erger dan stiekem in mijn huis rondlopen en overal aanzitten.'

Ze vroeg niet waarom ik het had gedaan. Blijkbaar was ze daar niet nieuwsgierig naar. Ze liep naar de boekenkast, draaide zich om en vroeg: 'Ben je altijd zo? Was je altijd al zo? Ik bedoel, voordat je vriend...?'

'Ik weet het niet.'

'Het maakt ook niet uit. Ik wil dat je gaat. Ik wil... nou ja, ga gewoon!'

Ik moest de sleutel aan haar geven. Ze hield haar hand op en ik legde hem erin. 'Heb je nog andere sleutels?' vroeg ze.

'Nee, dit is de enige.'

'Zeker weten?'

'Ja, zeker weten.'

Ze sloeg de deur achter me dicht en deed hem van binnenuit op slot.

59

Het had ook anders kunnen gaan. Als zij niet zo had gereageerd, had het allemaal anders kunnen aflopen. Dat denk ik echt.

Bijvoorbeeld zo. Hanna kwam onverwacht thuis. Op dezelfde dag, op hetzelfde uur, in dezelfde jas en met dezelfde tas over haar schouder. Ze trof mij aan voor haar boekenkast met de gum in de hand, mijn hoofd schuin. Tot zover alles hetzelfde. Maar in plaats van bang en verontwaardigd te zijn, in plaats van grote ogen op te zetten en afstand te nemen, vroeg ze bezorgd: 'Karlijn, wat doe je hier?'

De toon. De toon zou alles anders hebben gemaakt.

Ik zou haar aankijken en na een zoekende stilte zou ik zeggen: 'Ik weet het niet.' Ik zou mijn hoofd buigen, van schaamte en nog veel meer.

Ik zou op de bank gaan zitten. Hanna zou naast me komen zitten.

Zo had het kunnen gaan. Het had een belangrijk moment kunnen zijn. Een breekpunt. Een doorbraak. Het zou ons dichter bij elkaar hebben gebracht. Het voorval zou zin hebben gehad. Binnen onze relatie.

60

Ik vond haar reactie tegenvallen, om eerlijk te zijn. Dat zei ik twee dagen later ook tegen haar. Dat we dit in een café deden, op haar verzoek, vond ik ook een tegenvaller. Maar dat zei ik niet.

We zaten achterin, ver van de bar en de uitgang. Het was vrijwel leeg binnen. Iedereen zat buiten op het terras. Alleen de serveerster was bezig achter de bar.

'Tegenvallen? Mijn reactie?' Hanna keek van me weg en leek op die woorden te kauwen. 'Weet je, Karlijn. Even dacht ik echt dat het iets kon worden tussen ons. We zouden geen gemakkelijke start hebben, dat besefte ik, maar ik had het voor je over. Maar dit? Je was in mijn húís. Je hebt in mijn boeken zitten gummen. Ja, ik zag dat je ook uit andere boeken mijn gedachten hebt gewist.'

'Ja.'

'Je hebt je vriend verloren, je maakt een zware tijd door, maar dit gaat echt te ver.'

'Ja.'

'Ik herken je gewoon niet meer.'

Ik zweeg.

'De Karlijn die ik op de dag van het interview heb ontmoet, zij was anders, toch? Ik heb al een tijdje het gevoel... Vanaf het begin eigenlijk al, toen op de parkeerplaats... Misschien ben je nog in een soort shock of zo. Is het allemaal veel te vroeg. Wij twee, bedoel ik. We moeten realistisch zijn.'

Ik vind het altijd zo'n afknapper als iemand zegt dat je realistisch moet zijn.

'Ik las ergens,' zei ze, 'dat rouw en verliefdheid dicht

bij elkaar liggen. Ze lijken op het eerste gezicht tegengesteld, maar ze zijn het niet. De lichamelijke reacties komen overeen. Onrust, slapeloosheid, hartkloppingen. Misschien versterken ze elkaar bij jou. Wordt één plus één niet twee, maar drie.'

'Ja.'

'Je zegt alleen maar "ja" de hele tijd! Ik heb je nog geen "het spijt me" horen zeggen. Heb je wel door wat je doet? Ben je überhaupt wel wakker?'

Ze keek me een tijdje aan. Afwachtend. Peilend. Hoe kon ik haar vertellen dat ze door haar reactie geen vriendin meer was? Alleen nog maar een medeplichtige.

Ze zuchtte. 'Zie je, dit bedoel ik nou.' Ze ging naar achter zitten, tegen de rugleuning van haar stoel. 'Als we elkaar onder andere omstandigheden hadden ontmoet, was het misschien iets geworden. Nu is het zo... vervormd.'

'Ik vind jou niet vervormd. Je bent nog precies hetzelfde.'

'Maar jij niet, Karlijn. Er is iets heel anders aan je.'

Ze kon niet goed uitleggen wat. Niet beter dan ze al had gedaan. 'Heb je ons interview al teruggekeken?' vroeg ze.

'Nee, nog niet.'

'Als je het interview terugkijkt, begrijp je het wel.'

61

Ik pakte de envelop uit de kast en scheurde hem open. Een dvd in een plastic doosje. Er was een post-it op geplakt. 'Ha Karlijn, hier is een kopie van ons interview! Ik vind het erg goed geworden, ik hoop jij ook. Lieve groet, Hanna.' Ik stopte de dvd in de speler en drukte op play. Ik ging in kleermakerszit voor de televisie zitten, met de afstandsbediening in mijn handen.

Op het televisiescherm verscheen een vrouw. Er werd ingezoomd op haar gezicht. Ze droeg een blouse waarvan de knoopjes allemaal dicht waren. Haar blik was op iemand buiten beeld gericht. Iemand die haar ogen deed fonkelen. Ze sprak geconcentreerd, in rake zinnen, energiek en blakend van zelfvertrouwen. Ze praatte over haar boek en ze beantwoordde vragen over haar privéleven.

Beelden van deze vrouw werden afgewisseld met beelden van Hanna. Ze droeg haar bovenste knoopje los. Door het gewicht van het microfoontje zakte de stof iets naar beneden en een stukje van haar huid boven haar linkerborst werd zichtbaar. De ketting met het hartje. Ze complimenteerde de schrijver met haar roman. Hoe geloofwaardig ze de oude vrouw had neergezet, hoe de blik naar de buitenwereld was gericht. Ze vroeg of er voor mannen geen plaats was in dit boek.

Het interview werd opgenomen in een huiskamer waar een man en een vrouw woonden. Hun alledaagse spullen werden gefilmd. Het donkerblauwe wollen vestje dat over de stoelleuning hing. Het kookplaatje met twee pitjes. Tot slot zag je de vrouw achter een bureau zitten typen op haar computer. Haar stem las intussen een fragment uit het boek voor.

Het beeld sprong op zwart. Ik zette de televisie uit.

Die blik. Die flair. Die nonchalance. Dat was de vrouw op wie Hanna was gevallen. Ze was charmant, innemend, prettig om naar te kijken. Waar was zij gebleven? In ieder geval bestond ze nog op beeld. Een bewijs dat ik haar eens was geweest.

Maar misschien had ze nooit op zichzelf bestaan, alleen onder die omstandigheid. In dat uur, in die ruimte binnen een ruimte, knie tegen knie.

62

De ochtend na het interview, de ochtend nadat ik het raam had opengezet, was ik wakker geworden in een andere kamer. Het plafond was beplakt met sterretjes, het raam zat aan de linkerkant en op de grond lag donkergroen tapijt. Ik herkende eerst niet waar ik was. Toen wist ik het weer. Mijn ouderlijk huis. Mijn slaapkamer. Ik vond mezelf terug in mijn tienerbed. Al is het woord *mezelf* niet juist gekozen. Iemand anders vond ik terug. Sindsdien ben ik haar gebleven. De vrouw erna. Ben ik haar nog steeds of is er inmiddels een volgende vrouw voor in de plaats gekomen? Uit hoeveel levens bestaat een mensenleven?

63

Een paar dagen nadat ik Hanna voor het laatst had gezien, zat ik weer eens in de auto van mijn zusje. We waren al een tijd niet samen naar de supermarkt gereden. In de periode met Hanna had ik niet aan de plek gedacht. Ik meende het niet meer nodig te hebben.

Op de parkeerplaats was het rustig. Er stonden weinig auto's. De meeste mensen waren op vakantie. Of het was gewoon te warm om op dit tijdstip boodschappen te doen.

Ik nam een hap van mijn krentenbol en dronk een slokje lauwe sinaasappelsap. De paar glanzende motorkappen. De blauwe lucht boven de supermarkt. De slap hangende vlaggen. Af en toe het geratel van een winkelwagentje over de stenen.

Ze deed vandaag niet alleen inkopen voor mij, maar ook meteen voor zichzelf. Met haar vriend ging ze kamperen in Oostenrijk. Op haar telefoon stond een lijstje van de dingen die ze wilde inslaan. Rijst, soep, chocolade, snoep. Broodjes en drinken voor de heenreis. Onderweg hiernaartoe had ze gevraagd: 'Wil je met ons mee?' Ik had er nog geen antwoord op gegeven. Ik twijfelde. Zonder Hanna was de hoofdpijn weer toegenomen. De afgelopen dagen slikte ik in de ochtend twee tabletten paracetamol. Dat hielp een paar uur. Daarna slikte ik er opnieuw twee. Soms ging de hoofdpijn erdoorheen. Dat waren de moeilijke uren. Ik lag op bed met de gordijnen dicht. Hoe moest dat gaan, tussen vakantiegangers op een camping?

'Ik zou het jammer vinden als je thuisbleef,' had ze gezegd. 'Als je deze zomer nergens heen gaat.'

Dat was het verschil tussen haar en mij. Zij moest echt ergens naartoe gaan om ergens anders te zijn.

Ik nam nog een slokje sap en bekeek de verpakking. Bron van vitamine C, stond erop. Vitamine C is gezond. Ik keek naar buiten en kneep mijn ogen samen. Wanneer ben je eigenlijk gezond? Als het je ontbreekt aan ziekte? Of zegt het iets over hoe weerbaar je bent, hoe goed je herstelt na een klap?

Met een karretje vol boodschappen kwam ze het zonlicht in lopen. Mijn zusje. Ze had al zoveel voor me gedaan. Ze verdiende een vakantie. Ik zou niet meegaan naar Oostenrijk.

64

Via mijn uitgeverij kreeg ik een e-mail doorgestuurd. Een verzoek voor een interview. Een publiek interview op een Duits festival met internationale schrijvers. Mijn boek was nog niet vertaald, ik moest het zien als een opwarmer voor buitenlandse uitgevers. Volgens mijn uitgever was het een buitenkans.

Het festival had iets te maken met de Frankfurter Buchmesse, maar wat precies werd me niet duidelijk. Het was niet in Frankfurt, maar in Berlijn. Niet tijdens de Buchmesse in oktober, maar de eerste dagen van september. Ik begreep er weinig van, toch stemde ik ermee in. Berlijn gaf de doorslag. Dit keer zou ik de stad wel bereiken. Ik zou iets in het vooruitzicht hebben. Een stap. Het zou een stap zijn.

65

Ik stond voor mijn boekenkast en zocht mijn voorlees-exemplaar van *Jaarringen*. Er was tijd voor twee pagina's, stond in de e-mail. Ter plekke zou mijn voordracht worden vertaald en op een scherm mee te lezen zijn voor het publiek.

Het boek lag op de vierde plank van onder, boven op een rij staande boeken. Waar ik het had neergelegd nadat ik de potloodstrepen had uitgegumd.

Ik koos voor een ander fragment dan ik had gebruikt tijdens het interview met Hanna. Een dialoog later in het verhaal. Het begin en het einde van het fragment gaf ik aan met twee potloodstreepjes. Ik legde het boek weer terug.

Waarom, vroeg ik me plotseling af, heb ik de boeken uit mijn eigen kast eigenlijk al die tijd met rust gelaten? Ik deed een stap naar achter en gleed met mijn ogen langs de planken.

Eerst vond ik mijn exemplaar van *Nooit meer slapen*. Bovenste plank in het midden. Daarna zag ik *De voorlezer* staan. Links onderin. Ten slotte *Carol*, dat ik onlangs had gelezen. Op de onderste plank.

Ik legde ze naast elkaar op tafel. Op de voorkant van *Carol* stonden de twee verstrengelde vrouwen. *De voorlezer* was een uitgave met voorop een zwart-witfoto van een opengeslagen boek en een bos bloemen. *Nooit meer slapen* had een rode omslag met zwarte letters, identiek aan de oorspronkelijke publicatie uit 1966.

Eerst scheurde ik de omslag van *Carol* eraf. Toen trok ik de bladzijden eruit. Niet pagina voor pagina, maar grofweg, per katern. Daarna deed ik hetzelfde met *De voorlezer.* De uitgave van *Nooit meer slapen* was dikker. Die duurde langer.

Wat was er nog meer? Ik liep naar de dvd-speler. Ik zette hem aan, drukte op 'open' en het laatje met de dvd schoof naar me toe. 'Interview Karlijn Spichter' was er met watervaste stift op geschreven. Ik stak mijn vinger in de ronde opening, liep naar de keuken en trok met mijn andere hand de besteklade open. Met een schaar knipte ik de schijf in stukjes.

Het briefje van Hanna. Ik trok het van het plastic dvd-doosje af en scheurde het in vieren. Samen met het doosje legde ik het bij de boeken en de dvd op de grond. Net als de envelop.

De kartonnen versie van mezelf. Dat ding was pas na het interview in mijn leven gekomen. Na Arne, tijdens Hanna. Van een afstandje bekeek ik haar gezicht nauwkeurig. Ze bespiedde me. Loerde naar me. Ik liep naar haar toe en pakte haar beet. Ter hoogte van haar middel vouwde ik haar dubbel en scheurde haar in twee stukken. De twee stukken scheurde ik in kleinere stukken. Het voelde goed om dat te doen. Het voelde lekker om haar te ontmantelen. Het ging gemakkelijk, alsof ik een doos kleinmaakte. Op de grond lag een deel van de schouder, een oog, een stuk wang.

Uit mijn kledingkast griste ik de broek en de blouse die ik tijdens het interview had gedragen.

Vergat ik iets? Zag ik iets over het hoofd? Ik bekeek de bank, de eettafel, het bureau, de computer, de gordijnen. Ik ging nog een keer voor de boekenkast staan. Nee, ik zag niets. En toch had ik het gevoel dat ik nog niet klaar was.

Ik pakte een plastic tas uit een keukenkastje en begon alles erin te stoppen. De boeken, de kartonnen versie van mezelf, de kleren, de dvd, het doosje, het briefje en de envelop. Voordat ik naar de deur liep, stak ik de sleutelbos in mijn zak. Met de tas liep ik naar buiten, naar de afvalbakken om de hoek.

66

'Hoe had je het gehad willen hebben?'

Met haar vingertoppen gleed ze door mijn haren. Het voelde heerlijk zacht en licht, zoals ze mijn hoofdhuid streelde. Ik wilde niets liever dan mijn ogen sluiten en vergeten waar ik was, wie ik was en hoe vluchtig dit moment zou zijn, maar ze keek me via de spiegel aan en verwachtte een antwoord.

Ik keek naar mezelf alsof ik dat maanden niet had gedaan. Niet werkelijk. Ze bestond wel, de vrouw recht tegenover me, maar ze was niet echt. Ze zat hier in de stoel, ze was zichtbaar, maar wat ze vandaag was, hoefde ze morgen niet te zijn. Ze had geen definitieve vorm. Ze was kneedbaar.

Ik haalde het voorleesexemplaar uit mijn tas en liet de achterkant zien. 'Ik wil het graag zoals op deze foto.'

'Maar dat ben jij,' zei de kapster. 'Toch?'

'Ja, dat ben ik.'

'Je schrijft boeken.'

'Tot nu toe één boek.'

'Ja, dat bedoel ik.'

Ik liet *Jaarringen* weer in de tas glijden. Zoals ik er toen uitzag. In Berlijn zouden ze haar te zien krijgen. Ze zouden in mij de schrijver herkennen.

Ze pakte een flesje shampoo. Ik sloot mijn ogen voordat ze zou vragen wat voor boek het was en waar het over ging. Ze ving de hint op en waste zwijgend mijn haren.

Bestond er iets fijners dan dit? Een kapster die lauwwarm water over je haar laat stromen en je hoofdhuid masseert? Het was nog fijner dan op een parkeerplaats tussen lege auto's zitten. Niet alleen het wassen en het knippen was aangenaam, ook hoe ze mijn hoofd iets kantelde, hoe haar vingers langs mijn oren gleden, hoe ze de telefoon even moest opnemen, hoe ze een klemmetje vastzette. Hanna's hand op mijn knie, twee seconden lang. De tinteling ging van mijn been naar mijn onderbuik. De afdruk die ze achterliet. De andere afdrukken die volgden. Haar mond op mijn mond. Haar hand in mijn haren. Haar hand tussen mijn benen. Alle sporen die ze had achtergelaten. Niet alleen op mijn lichaam, ook buiten mij, in onze huizen en boeken. Ik had ze moeten opruimen, al wilde ik dat niet eens. Hanna was slordig en lichtzinnig geweest. Zou ze me hebben verzwegen voor haar vriendinnen of zou ze over me hebben verteld?

De kapster maakte het klemmetje los en stopte met knippen. 'Is het zo naar wens?'

Ik opende mijn ogen en keek in de spiegel. Met een ronde spiegel toonde ze mijn achterhoofd.

'Ja, dank je wel.'

Ze haalde het gladde kapperskleed van me af. Ik stond op en pakte mijn tas. Bij de kassa keek ik opnieuw in de spiegel. Mijn haar was identiek aan de foto. De kapster had haar werk goed gedaan.

67

Ik was naar de stad gefietst, naar deze winkel, naar deze etage, naar dit schap. Ik stond met een douchegordijn in mijn handen. Het egaal witte. Netjes als een rechthoek opgevouwen in het cellofaan. In het schap lag het andere douchegordijn, met de groene en rode cirkels, dat ik de vorige keer had uitgekozen. Ik pakte het ook uit het schap. Nu stond ik met twee douchegordijnen in mijn handen.

Ik wist niet welke ik vandaag zou kiezen.

Iene miene mutte.

Ik legde het gekleurde douchegordijn terug en liep naar de kassa.

Met een vreemd gevoel van helderheid fietste ik naar huis. Toeterende taxi's, bellende fietsers. De geluiden drongen tot me door zonder filter. Harder. Scherper.

Ik legde het douchegordijn op tafel. Van het fietsen had ik dorst gekregen. In de keuken hield ik een glas onder de kraan. Ik nam een slok water en liep de woonkamer in. Zoals het daar lag, ingepakt op tafel, leek het net een gum. Een reusachtige witte gum.

68

Arne zou vandaag jarig zijn geweest. Eenendertig zou hij zijn geworden. Ik wist niet wat ik met deze dag aan moest. Deze woensdag. Het was nog vroeg in de ochtend. Ik stond achter het raam en keek naar buiten. De zon scheen al. Mensen gingen naar hun werk. Een pakketbezorger belde aan bij een huis aan de overkant.

Even later hoorde ik vanuit de gang het geklepper van de brievenbus. Er viel iets op de mat. Een fractie van een seconde dacht ik: Arnes verjaardagskaarten. Ik liep naar de voordeur. Op de mat lag een dunne A4-envelop. Linksboven in de hoek het logo van de uitgeverij. Ik scheurde de envelop open. Eén vel papier. Het voorschot op de royalty-afrekening. Ik keek naar het vetgedrukte bedrag onder de streep. Het maakte me in één klap rijker dan ik ooit was geweest. Binnen een week zou het op mijn bankrekening staan.

Met het geld hadden Arne en ik zoveel leuke dingen kunnen doen.

Aan het eind van de ochtend kwamen zijn ouders langs. Ze gingen naar zijn graf. Of ik mee wilde. Het kostte me moeite om hardop uit te spreken dat ik thuisbleef. Ik denk dat ze het niet begrepen. Dat nam ik ze niet kwalijk. Ik begreep het zelf ook niet. Ik voelde dat ik hen teleurstelde. Nadat ik het had gezegd, gingen ze snel weer weg. Ze wilden niet bij mij zijn, maar bij hun zoon. Daarvoor moesten ze naar een begraafplaats rijden. Aan de rand van de stad lag wat er van hem over was. Misschien waren er nog andere mensen jarig. Je kon er gemakkelijk achter komen. De geboortedatums stonden op de stenen.

Alsof ik nog iets anders had nagelaten, besefte ik dat ik geen cadeau voor Arne had gekocht. Het was altijd moeilijk om iets voor hem te vinden. Behoefte aan nieuwe dingen had hij niet. Liever ging hij samen iets doen, zoals op excursie in een natuurgebied.

Een fotoboekje met de titel *Women in Trees.* Dat was zijn laatste verjaardagscadeau voor mij geweest. Zwart-witkiekjes van vrouwen in bomen. Gekleed in zondagse rokken en nette schoenen. Voorin had hij geschreven: 'Niet alleen mannen als John Muir klimmen in bomen...'

Ik keek naar buiten. Toen hij dertig werd, hadden we hier thuis een feestje gegeven en meerdere keren hoorde ik hem zeggen: 'Ik word oud.' Er werd om hem gelachen. We wisten nog niet beter.

69

Met gesloten ogen lag ik op de bank. In gedachten liep ik opnieuw naar het huis van Hanna toe. Het was 's avonds laat, maar achter haar ramen brandde nog licht. De gordijnen waren open. Ze liep door de huiskamer. Ze was alleen.

Het ingepakte douchegordijn hield ik in mijn linkerhand.

In mijn portemonnee, in het vakje met kleingeld, zat een sleutel. Een tweede reservesleutel. Natuurlijk had ik een tweede sleutel laten bijmaken. Eentje is niet genoeg. Je moet altijd een extra reserve hebben.

Ik haalde de sleutel eruit en stopte mijn portemonnee terug in mijn jaszak. Ik hield de sleutel in mijn rechterhand, maar ik ging nog niet naar binnen. Ik wachtte. Het was beter om te wachten. Op het moment dat de lampen in de huiskamer zouden doven. Het moment waarop ze ging douchen en naar bed ging. Ik wist dat ze elke avond douchte. Dat was een goed moment.

Het wachten was geen uitzitten of vervelen, maar opladen. Ik hoorde de wind zachtjes ruisen door de bladeren van de boom voor haar huis. Ik liep een eindje door de straat en via de andere kant liep ik weer terug. Ik ging op een bankje zitten. Met de sleutel trok ik lijntjes in het cellofaan. Ik keek op naar haar ramen, niet te opvallend of te lang. Er gingen minuten voorbij waarin ik alleen maar lijntjes in het cellofaan trok. Ik had geen haast. Ik hoefde nergens naartoe. Soms passeerde er een fietser of een auto. Die keek ik na om dan weer naar de ramen te kijken. Veertig minuten verstreken. Toen doofden de lampen. Ik stond op, liep naar de voordeur en stak de sleutel in het slot. Ze had het slot niet laten vervangen. Ik liet mezelf binnen. Al in het trappenhuis wist ik hoe het zou gaan. Ik zou boven de deur openmaken. Ze zou me niet horen binnenkomen. Uit de badkamer zou gedempt het gekletter van water te horen zijn. Op de gang zou ik alvast het gordijn uit het cellofaan halen. Daarna zou ik de badkamerdeur openmaken. Ik zou naar binnen stappen. Het gekletter van water klonk nu luider. Ze hoorde me nog steeds niet. Ze zou met haar rug naar me toe staan. Waterdruppels op haar haren, haar rug, haar billen. Haar smalle enkels. Ze zou omgeven zijn door stoom. Ze zou al geen scherpe contouren meer hebben.

Ik zou haar niet laten schrikken door plotseling haar naam te noemen. Ik zou haar met het douchegordijn uitgummen. Ze zou tegenstribbelen en zich met haar natte armen en gladde voeten proberen los te wurmen uit mijn greep. Ze zou niet gillen. In mijn oor zou ze fluisteren: 'Ik weet wel wat je aan het doen bent. Dit is een scène uit *Carol*. Tegen het einde, als ze samen stoeien onder de douche.'

'Ja, maar nu herschrijven we het.'

Ze zou instemmend knikken en 'ja' zeggen.

Als haar 'ja' toch zou overgaan in 'nee' en als haar 'nee' zou overgaan in 'Wat doe je, Karlijn? Wat doe je?', zou ik sussend zeggen: 'Ik wis je alleen maar uit het verhaal.'

Zodra ze niet meer bewoog en haar lichaam zwaar werd, zou ik haar op de tegels laten zakken en de kraan dichtdraaien. Ik zou door mijn knieën gaan en een kus geven op haar natte, nog warme wang. Ik zou het licht uitdoen en de badkamerdeur sluiten.

Mijn schoenen en kleren zouden nat zijn, maar niet

zo doordrenkt dat ik plasjes water achterliet op de vloer naar de deur. De sleutel zou ik bij de andere sleutels aan het haakje hangen. Met lege handen zou ik de deur achter me dichttrekken. Door het trappenhuis zou ik naar beneden lopen. Ik zag het mezelf doen. Daar kwam ik de deur uit.

70

Ik opende mijn ogen weer. Ik kwam overeind en stond op van de bank. Het was half twee in de middag. Ik liep naar mijn jas die aan de kapstok hing en stak mijn hand in de binnenzak. Mijn portemonnee. Ik maakte het vakje met kleingeld open. Er zat geen sleutel meer in.

Ik pakte mijn telefoon van de eettafel. Ik belde Hanna. Ze nam niet op.

Ik ging de deur uit. Uit het berghok pakte ik mijn fiets en reed de stad door. Het was een milde nazomermiddag. Het was niet meer zo warm als een week geleden. Er zaten nog veel mensen op de terrassen en in de parken. Ik fietste haar straat in en stopte voor haar huis. Langs de gevel keek ik omhoog. De gordijnen waren open. De ramen gesloten. Ik zag haar niet.

Ik belde aan, maar uit de intercom kwam geen geluid.

71

Op de terugweg kwam ik langs de plek waar Arne was aangereden. De afgelopen tijd had ik deze straat ontweken. Ik stapte af en met de fiets aan de hand liep ik naar de plek. Ik zocht naar het stukje asfalt waar Arne had gelegen, maar ik wist niet precies waar dat was. Ik had het niet gezien, ik was te laat geweest. Ik zag alleen de plek waar het busje had gestaan en waar vandaan de ambulance was weggereden en de hoek om was geslagen.

Nog steeds had ik moeite te geloven dat Arne hier was gestorven. Het klopte voor mijn gevoel gewoon niet. Gewond, ja. Een coma, eventueel. Maar ter plekke overleden?

Ik zag liever een ander verloop voor me. Niet meer het scenario waarin Arne op een dag wakker werd in een ziekenhuisbed en in een revalidatiecentrum opnieuw leerde lopen. Het ging anders.

Het begin was hetzelfde. Hij lag in een ziekenhuisbed. Zijn ogen waren gesloten, zijn armen lagen op de deken, zijn adem kwam uit een pomp. Elke dag bezocht ik hem. Ik wachtte en hoopte op iets. Een gebaar, een ooglid dat bewoog of een vinger. Maar de tijd verstreek en de tekenen bleven uit. Aanvankelijk zat ik elke dag aan zijn bed, maar ik begon hem minder vaak te bezoeken. Zijn ouders hielden hem aan de beademing. Ik merkte dat ik langzaam afscheid van hem begon te nemen. Ik besefte dat hij altijd dertig zou blijven. Hanna had op mijn voicemail gestaan. Ze had gevraagd hoe het met me ging. Na een periode waarin ik niets van me liet horen, nam ik toch contact met haar op. We gingen iets drinken. Het bleef niet bij één keer. Ik bezocht haar thuis, later kwam ze ook bij mij op bezoek. Het voelde vreemd dat ze bij ons thuis kwam, zoals alles in het begin vreemd was. Maar ik vond iets bij haar wat ik lange tijd bij Arne had gevonden. Eerst was het troost, daarna was het meer.

Zo zag ik het voor me. Een geleidelijke overgang van hem naar haar.

Aanvankelijk hielden we onze relatie geheim. Mensen dachten dat we goede vriendinnen waren. Toen besloten we het niet langer voor onszelf te houden. Dat was in dezelfde periode dat de ouders van Arne bij me langskwamen om te zeggen dat ze gingen stoppen met de beademing. Ze vroegen niet om mijn toestemming en ik zei niets om hun besluit tegen te houden.

Op de dag dat Arne van de beademing werd gehaald, verscheen ik met Hanna op een boekpresentatie. Hand in hand. Een fotocamera flitste. We werden vastgelegd. Ik voelde dat ik leefde. Ik voelde dat wij leefden. We zagen eruit als een stralend stel.

72

De volgende dag om half een belde ik Hanna opnieuw. Ze nam niet op. De zon scheen niet meer zo scherp in mijn ogen toen ik naar haar huis fietste. In haar wijk kwam ik langs een plantsoen. Twee mannen zaten op een bankje met elkaar te praten. De ene man keek naar me. Hij tikte de andere aan. Ze keken allebei naar me en bleven me nakijken.

Ik drukte op haar bel. Er werd niet opengedaan. Ik deed een paar stappen naar achter en keek door de ramen naar binnen, maar ik zag geen beweging.

Uit de deur ernaast kwam iemand naar buiten. De buurvrouw herkende me.

'Kom je voor Hanna?' vroeg ze.

'Ja.'

'Ik heb haar al een paar dagen niet gezien. Ze zei laatst wel dat ze naar Londen moest voor een interview. Misschien is ze weer op pad.'

'Ja, misschien.'

'Als ik haar zie, zal ik zeggen dat je langs bent geweest.'

'Ja, dank je wel.'

Ze stapte in een auto en reed de straat uit. Ik fietste terug naar huis. Onderweg vroeg ik me af wie ik eigenlijk meer miste. Arne of Hanna? Van allebei had ik geen goed afscheid kunnen nemen. Ze waren me ontglipt.

Toen ik de voordeur achter me dichtdeed, ging mijn telefoon. Het was mijn zusje, zag ik op het schermpje. Ze was vast terug uit Oostenrijk. Al stond mijn hoofd er niet naar, toch nam ik op. Ze vertelde over haar vakantie, de camping en de dorpjes die ze had bezocht.

'Wat heb jij de afgelopen tijd gedaan?' vroeg ze.

Ik liep naar het raam en legde mijn voorhoofd tegen het glas. Het voelde koud aan mijn huid. 'Ik ben veel alleen geweest. Ik heb uitgerust en daar ben ik van opgeknapt.'

'Wat goed. Zal ik zaterdag weer komen?'

Ik bewoog iets zodat mijn huid het raam niet meer raakte. Op het glas bleef een afdruk achter. Ik keek ernaar en zei: 'Ik wil wel weer eens zelf boodschappen gaan doen.'

'Ja?'

'Ja.'

'Wat fijn om te horen. Gaat het beter met je? Ik bedoel...'

'Ja. Het gaat beter.'

'Je klinkt ook helderder. Heel mooi. Maar je kan me altijd bellen als ik moet bijspringen. Dat weet je, hè?'

'Ja, dat weet ik.'

'Doen, hè?'

'Ja, zal ik doen.'

We hingen op. Een seconde zag ik mezelf weerspiegeld in het raam. Natuurlijk, de mannen op het bankje hadden naar me gekeken omdat ik leek op de foto van de advertentie die in de stad had gehangen. Ze hadden me herkend. Maar als dat de reden was, waarom voelde ik me dan niet opgelucht?

Ik legde de telefoon op tafel en wist niet wat ik moest doen. De hele dag lag nog voor me. Ik had niets omhanden, behalve inpakken. Veel had ik niet nodig. Toch begon ik alvast wat te verzamelen. Kleding en toiletspullen. Mijn paspoort natuurlijk. Uit de boekenkast pakte ik het voorleesexemplaar.

73

De volgende ochtend stapte ik in alle vroegte in de ICE naar Duitsland. De zon was nog niet op. Mijn uitgever stond al op het perron te wachten. Zijn ogen waren nog slaperig. Met de kaartjes in de hand ging hij me voor. We namen plaats in wagon 8, stoelen 14 en 15. Hij reisde vaker met deze trein en gaf niet meer zoveel om het uitzicht. Ik mocht aan het raam zitten.

Hij dommelde weg, ik bleef wakker.

Het was druk maar stil in de wagon. Niemand praatte. De zachtgele lampjes brandden. Buiten werd het langzaam licht.

Veel geslapen had ik 's nachts niet. In bed had ik me moeten inhouden om niet steeds mijn telefoon te pakken en Hanna te bellen. Maar ik had het niet gedaan. Dat vond ik goed van mezelf. Een gezonde zelfbegrenzing.

Het interview was om drie uur in de middag. Ik zag ertegen op, een gesprek meteen na een lange treinreis.

De coupédeur werd opengeschoven. De conductrice was een andere vrouw dan de vorige keer. Ik klopte mijn slapende uitgever op zijn arm. Uit de tas tussen zijn voeten pakte hij de kaartjes. De naam op het tweede kaartje behoorde toe aan een vrouw, de conductrice hoefde niet te weten welke vrouw dat was. Ik mocht blijven zitten en ze liep verder. Toch keek ik haar na, alsof ze zich ieder moment kon omdraaien en op me af zou lopen met een vuile grijns.

Aan de andere kant van het gangpad zat een man op een laptop te werken. Hij typte hard, bijna bozig. Zijn vingers leken te groot voor de toetsen.

Mijn uitgever knikte naar de man en zei tegen mij: 'Ben je inmiddels weer aan het schrijven?'

'Nee, nog niet.'

'Dat komt wel,' zei hij.

'Wie weet.'

Hij sloot zijn ogen weer.

Uren met je uitgever in een trein zitten, op weg naar een literair festival in het buitenland. Het zou kunnen leiden tot interessante gesprekken over boeken, het uitgeversvak, anekdotes over bekende schrijvers, feesten, roddels en relletjes. Maar dat gebeurde niet. Hij viel in slaap.

Ik keek uit het raam. Het landschap veranderde. De trein minderde vaart en stopte in Lundsheim. Ik herkende het stationsgebouwtje, de weilanden en het silhouet van de kerktoren. Nog steeds mocht ik blijven zitten. De deuren klapten dicht en we reden het station uit.

Voorbij Lundsheim viel ik ook in slaap.

74

Vanaf Berlin Hauptbahnhof namen we een taxi naar het hotel. Twee kamers, naast elkaar. We lieten er alleen even onze tassen achter, we moesten door. Het was al voorbij tweeën. Het interview begon over een klein uur. In de badkamer slikte ik vier tabletten paracetamol. Ik bekeek mijn gezicht in de spiegel. Mijn haar. Ik deed een stap naar achter. Ja, ik leek op die vrouw.

We namen een taxi naar het festival. Mijn uitgever wist het adres. We zaten op de achterbank en ik zag de straten van Berlijn, de mensen op de trottoirs, de onbekende gebouwen. De gevels waren net zo witgrijs als de lucht. Soms stond er een pastelkleurig pand tussen.

'Vandaag moet je dus zien als een opwarmer voor buitenlandse uitgevers,' zei mijn uitgever terwijl hij door het andere raam naar buiten keek. 'Niet alleen de Duitsers, ook de Fransen, de Italianen en de Engelsen zijn aanwezig. Misschien zelfs wel de Amerikanen.'

Ondanks alles was dat waar het voor veel mensen uiteindelijk nog steeds om draaide. De Amerikanen.

Aan een weidse straat stopte de taxi voor een lichtbruin, rechthoekig pand. Ik kon niet uitmaken of de bouwstijl van een nieuw hipsterachtig minimalisme getuigde of van een voor-muurse soberheid die recent in ere was hersteld. Mijn uitgever betaalde de chauffeur en we liepen naar binnen. Het bleek een soort schouwburg te zijn. Een lichtbruine foyer met eethoekjes en boekenkramen gaf toegang tot verschillende zalen voor lezingen en muziek. De zaal waar we door een meisje van de organisatie naartoe werden gebracht had eveneens lichtbruine muren. Er was plaats voor zestig personen, vertelde ze. Op de wand achter het podium werden mijn portretfoto en boekomslag al geprojecteerd. Het interview was in het Engels en een jongen zou onze woorden gelijktijdig vertalen. Een tweede vertaler was aanwezig om het voorleesfragment van het Nederlands naar het Duits om te zetten.

'*German, Dutch, English*,' zei het meisje van de organisatie lachend, '*all languages are represented by our volunteers of the translation school*.'

Wat een moeite voor een gesprekje, bedacht ik, terwijl er een man van in de vijftig bij ons kwam staan. Hij schudde me de hand en stelde zich voor als Hans Wütter. Uit zijn neus staken donkere haren. Hij ging me interviewen, zei hij. Zijn colbertje was donkerpaars en zijn overhemd spierwit. Hij droeg een leren aktetas die was opengeritst. Ik zag de rug van mijn boek en wat papieren. Hij beheerste zowel het Nederlands als het Duits, en had mijn boek daarom zonder moeite kunnen lezen.

Via een trappetje liepen hij en ik het podium op. Mijn uitgever was met iemand in gesprek. We gingen alvast op de twee stoelen zitten. Tussen ons in stond een tafeltje met een karaf water en glazen. Een jongen kwam bij me om het microfoontje op te doen. '*Do you have a problem*,' vroeg hij tussen neus en lippen door, '*with the interview being filmed?*' Er was een livestream via de website van het festival.

'*Eh, no problem*,' zei ik. Ik keek de zaal rond, maar ik zag nergens een camera.

Het publiek kwam druppelsgewijs binnen. Opvallend veel jonge mensen. De zaal was voor de helft bezet. Mijn uitgever zat op de voorste rij en knikte me bemoedigend toe. De deur naar de foyer werd niet gesloten. Het was de bedoeling dat mensen in en uit konden lopen. Een losse benadering, een festivalsfeer.

De interviewer introduceerde in het Engels eerst zichzelf, daarna mij en toen mijn boek, dat hij aan de zaal toonde. Over Arne zei hij niets. Dat luchtte me enigszins op. Ik durfde voorzichtig te concluderen dat ik vandaag was uitgenodigd als de schrijver van *Jaarringen*, niet als een nabestaande. Ik was terug in het veld.

Hij stelde zijn eerste vraag. '*Can you tell us what the book is about?*'

Ik kuchte. Het was een eenvoudige vraag. Een standaardvraag. Niet erg prikkelend, maar wel te verwachten. Ik had dus een antwoord paraat mogen hebben. Toch moest ik erover nadenken, echt nadenken, alsof niemand die vraag eerder had gesteld, ook ikzelf niet. Toen ik begon te praten, merkte ik dat ik de flaptekst van het boek navertelde en dat was natuurlijk niet waar het verhaal in essentie over ging. Ik wist niet waarom ik dat deed.

'*How did you get the idea for this subject?*'

Hij benoemde niet welk thema hij bedoelde en ging niet in op wat ik zojuist had verteld. Hij stelde een vraag die hij van tevoren had genoteerd en die hij nu opzei na een korte, zogenaamd onzichtbare blik op zijn A4'tje.

Hoe was ik ook alweer op het idee voor 'dit thema' gekomen? Welke vermeende diepe laag had ik in het verhaal aangebracht? Kon ik terughalen wat ik had bedacht toen ik er vier jaar geleden aan was begonnen? Zijn vraag riep bij mij alleen maar meer vragen op. Het was alsof ik geen contact meer had met de vrouw die het boek had geschreven. Ik kon alleen maar gissen naar haar motieven.

'*How did you come up with the four characters?*'

Hij stelde telkens een korte vraag en liet me rondzwemmen in een lange stilte. Een tijd en ruimte die bestemd waren voor een wijdlopig en weloverwogen antwoord. In feite een journalistieke aanpak. Maar na zijn vraag ontstond er een stilte in mijn hoofd, het achterwege blijven van aanknopingspunten met iets buiten mezelf. Toch moest ik praten. Ik stamelde, onderbrak mezelf en begon opnieuw. Het hielp ook niet dat het gesprek in het Engels was. Eerder had ik op vragen als deze trefzekere, vastomlijnde antwoorden kunnen geven. Nu moest ik iedere keer vanaf nul beginnen. Ik voelde de ogen van de interviewer en van de mensen in de zaal afwachtend op mijn gezicht rusten. Ik slikte stroef speeksel weg. Ik pakte een glas water en natuurlijk trilde mijn hand. Ik zette het terug zonder een slokje te hebben genomen. Ik hakkelde me door een antwoord heen. Ik besefte opnieuw dat een interview niets anders was dan een ontmoeting tussen twee mensen. Een waardevol gesprek ging snel, een moeizaam gesprek traag.

Hij vroeg of ik een fragment wilde voorlezen. Toen pas ontdekte ik dat ik mijn voorleesexemplaar in mijn hotelkamer had laten liggen. Ik voelde een lichte paniek, alsof ik weer zonder sleutels het huis uit was gelopen. Had ik dan niets geleerd? Had ik dan niets opgestoken van de afgelopen tijd?

Van het tafeltje pakte hij zijn exemplaar en gaf het aan me. Ik moest even zoeken, bladerde erdoorheen. Op geen enkele pagina was een zin onderstreept. De blanco marges naast de tekst waren onbenut. Had hij het boek wel gelezen?

Ik vond de pagina die ik zocht. Ik nam een slokje water, haalde adem en begon. Ik had nog net de tegenwoordigheid van geest om te beseffen dat als ik langzaam las, degene die de tekst vertaalde meer tijd had om mijn zinnen op het scherm te laten verschijnen, zodat de mensen in de zaal er ook iets van konden begrijpen.

Het voorlezen ontsloeg me zeker vijf minuten van de last om spontaan antwoorden te moeten verzinnen. Dit waren zorgvuldig gekozen woorden, een tijd geleden opgeschreven. Ik hoefde ze alleen maar foutloos uit te spreken. Dat ging me niet onaardig af.

Na vier bladzijden sloeg ik het boek dicht en gaf het aan hem terug.

Zonder op het fragment in te gaan stelde hij een laatste vraag. '*Are you working on a new book?*'

Ik weet niet meer wat ik heb geantwoord. Op een gegeven moment stopte ik met praten en hij zei: '*Thank you for this conversation. Karlijn Spichter, ladies and gentlemen.*' Er klonk applaus. Ik keek de zaal in. De lampen schenen in mijn ogen, mijn rug was bezweet en ik nam een slok water. Het publiek schuifelde naar buiten.

De jongen kwam ons bevrijden van de microfoontjes. De interviewer stopte zijn A4'tje en het boek terug in zijn tas. We stonden op. Hij zei dat hij meteen verder moest. Hij had zo nog een gesprek in een andere zaal met een Ierse auteur die echt een heel goed boek had geschreven. Hij gaf me een hand, hing de tas over zijn schouder en liep het trappetje af. Zodra ik het podium ook had verlaten, was ik vergeten wat ik daar allemaal had gezegd.

Mijn uitgever pakte me bij mijn schouders vast. 'Goed werk. Ik sprak net een uitgever die heeft meegeluisterd. Je boek gaat zeker weten naar het Duits vertaald worden. En naar het Frans. De Fransen zijn dol op dit soort boeken. Straks spreek ik met de Amerikanen.' Hij keek op zijn telefoon. 'Ze zijn er helaas nog niet. Vertraging met het vliegtuig, denk ik. Ze zullen zo meteen wel komen.' Hij keek over zijn schouder de lege zaal in.

75

De rest van de middag had ik vrij. Mijn uitgever bleef op het festival om te netwerken. Ik liep het gebouw uit. Het was half vijf en ik voelde me rot over het mislukte interview. Ik sloeg links af en begon maar wat te lopen. Ik had geen idee in welk stadsdeel ik me bevond. Maar ook als ik dat wel had geweten, had het me nog niets gezegd. De mensen om me heen waren onderweg naar huis en hadden meer haast dan ik. Ik dronk ergens koffie achter een raam en liep weer verder.

Het gesprek had een vluchtig karakter gehad, zoals wel vaker op dit soort evenementen. Ik besefte nu ook dat de interviewer Arne niet bewust achterwege had gelaten om bijvoorbeeld de biografie van de schrijver niet te nadrukkelijk het gesprek te laten leiden of om mijn gevoelens te sparen. Hij had het gewoon niet geweten.

Tussen andere voetgangers wachtte ik voor een rood licht. Auto's raasden voorbij. Het licht sprong op groen en met de stroom mee stak ik de straat over. Ik keek langs de gevels omhoog. De ramen van appartementen. Gordijnen, plantjes in potten, een kat achter glas. Huizen waar onbekenden hun levens leidden. Ik had een van hen kunnen zijn. Met Arne had ik achter zo'n raam kunnen wonen. Als het sollicitatiegesprek was doorgegaan, als alles was doorgegaan. Ik stelde me voor dat ik naar de ingang van een pand liep, op een bel zou drukken en door de intercom zijn stem zou horen zeggen: 'Hé suffie, ben je je sleutel weer vergeten? Hoe ging het interview?' Boven me zou een raam opengaan en Arne zou met twee armen op de vensterbank leunen. Ik zou van mijn handen een kommetje maken en hij zou de sleutel erin laten vallen. Ik zou naar binnen gaan en de afgelopen maanden zouden maar een boze droom zijn geweest.

Ik keek weer voor me, naar de voetgangers en het verkeer. Het kostte me weinig moeite om Arne tussen de fietsers voor me te zien. Zijn jas open, zijn haren in de wind, onderweg naar huis na een dag op de universiteit. Een route afleggend door nieuwe straten en langs nieuwe gevels. Intussen zou ik in ons appartement aan mijn tweede boek werken.

Ik liep voorbij winkeletalages, cafés en een felverlichte supermarkt. Ik twijfelde of ik naar binnen zou gaan om iets te kopen, maar ik had geen zin om iets direct uit een verpakking te eten en kauwend over straat te lopen. Ik wandelde verder en de straten regen zich aaneen. Ik bewoog mee met verschillende stromen, stapte over van de ene op de andere, en stopte alleen als ik daartoe werd gedwongen door een rood licht. Om daarna weer door te lopen, langs gevels, winkels, portieken.

Het zou vast nog wel even duren voordat ik de afgelopen periode zou begrijpen. Arne was overleden, ik had iets gevoeld voor Hanna en mijn boek was een succes geworden. Dat waren de feiten. Dat was allemaal gebeurd. Maar waarom was het gebeurd?

Ik stelde mezelf de vraag zonder een antwoord te verwachten. Vandaag leek een verklaring niet nodig. Ik was hier niet als nabestaande. Deze dag had de schijn van eenvoud en eenduidigheid. Ik was een vrouw die Berlijn bezocht voor haar werk. Ik had een roman geschreven. Over deze roman was ik geïnterviewd. Ik zat midden in de periode tussen twee boeken. Elke schrijver kent dat. Na het debuut is het stil en na verloop van tijd zal er van haar hand iets nieuws verschijnen. Ja, even leek het zo ongecompliceerd. De afgelopen tijd was niets anders geweest dan de fase tussen twee boeken. En in die fase zat ik nog steeds.

Zonder het te beseffen was ik een ander stadsdeel in gewandeld. De straten waren lanen geworden, de stoepen brede trottoirs. De sobere hoogbouw had plaatsgemaakt voor vrijstaande huizen en de klassieke gevels van musea.

Ik liep de brede trappen van een kunstmuseum op.

'*Sie können das Museum noch besuchen*,' zei de kaartverkoper. '*Es ist halb sechs. Wir schließen in einer halben Stunde*.'

Het was koel in de hoge hal. Ik hield mijn jas aan. In de zalen liet ik een tijdelijke tentoonstelling over Velázquez links liggen. Na wat te hebben rondgelopen, kriskras door de ruimtes, zonder bij een werk te stoppen, betrad ik een rustige zaal. Het was er schemerig. Voor een schilderij bleef ik staan. Het was een stilleven van een citroen. Een gele citroen tegen een zwarte achtergrond. Was dit hetzelfde schilderij dat in het appartement van Hanna hing? Ik wist het niet zeker, maar het leek er wel op.

Ik ging op een bankje zitten. Ik keek alleen maar naar het geel in de schemerige zaal. De citroen leek te zweven.

Ik weet niet hoeveel minuten er voorbijgingen. In het geel zag ik een nieuw verhaal voor me. Een verhaal over een dertigjarige schrijver die in een museum tegenover een schilderij van een citroen zit. En over alles wat eraan vooraf was gegaan. Het zou niet alleen een situatie beschrijven, er zouden ook stappen worden gezet. Ik zou Arne een belangrijke rol geven, maar geen centrale rol. Zo zou hij het hebben gewild, vermoedde ik. Onvermijdelijk zouden werkelijkheid en verbeelding in elkaar overlopen. Alleen de mensen die erbij waren geweest zouden weten hoe het echt was gegaan. Als er iemand was die de feiten kende, was ik het, maar zelfs dat betwijfelde ik.

Ik hoorde voetstappen en keek om. Een suppoost. Of een bewaker. De man liep de zaal in. Hij droeg een uniform en een pet. Net als de conducteur de eerste keer in de trein keek hij alsof ik iets verkeerd had gedaan.

Ik draaide me weer om naar het schilderij. Ik kon er straks in het hotel aan beginnen. Pen en papier, meer had ik niet nodig. Het etentje met mijn uitgever zou ik afzeggen. Ik zou openen met het televisie-interview en naar dit moment toewerken. De slotscène in het museum, waarin de schrijver tegenover het schilderij zit. Ik zou de vrouw die ik de afgelopen tijd was geweest achterlaten in het verhaal. Ze zou een fictief personage worden. Daarna zou ik verder kunnen.

Vanuit een andere ingang liep een tweede man de zaal in. Ook hij droeg een uniform en een pet.

Ik keek een laatste keer naar het schilderij en kon een glimlach niet onderdrukken. De citroen was een opkomende zon.